Frohe Weih[illegible]
Ba[illegible]

Zur Erinnerung
an unser gemeinsames
Kaffeetrinken!

Alles Liebe

[illegible] und
[illegible]

Dez. 2017

Elli H. Radinger

DER WOLF
AM FENSTER

rütten & loening

Elli H. Radinger

DER WOLF AM FENSTER

Eine Weihnachtsgeschichte

rütten & loening

MIX
Papier aus verantwortungsvollen Quellen
FSC® C083411
FSC
www.fsc.org

ISBN 978-3-352-00685-2

Rütten & Loening ist eine Marke der Aufbau Verlag GmbH & Co. KG

1. Auflage 2014

Einbandgestaltung Büro Süd, München
Gesetzt aus der Bembo Pro durch Greiner & Reichel, Köln
Druck und Binden Clausen & Bosse, Leck
Printed in Germany

www.aufbau-verlag.de

Prolog

Im silbernen Licht des Mondes bewegten sich zwei Gestalten über das unberührte Schneefeld: ein Rabe und ein schwarzer Wolf. Der Rabe flatterte von Schneewehe zu Schneewehe, landete und schaute mit dunklen Augen zu, wie der Wolf an ihm vorüberzog. Dessen gleichmäßiger Gang wirbelte die Flocken auf, die wie Zucker auf der dünnen Eiskruste lagen, die sich in der Kälte der Nacht unter dem Schnee gebildet hatte. Sein Winterfell war dicht und voll und ließ ihn größer erscheinen, als er war. Der Rabe plusterte die Federn auf, um sich zu wärmen. Während er dem Wolf zusah, konnte er sein gleichmäßiges Atmen hören. Hier und da wurde die weiße Decke von einer einsamen Drehkiefer unterbrochen, die im Mondlicht einen langen Schatten warf, oder von der dunklen Narbe eines Baches.

Der Rabe hoffte, dass der Wolf auf der Jagd war und dass, wenn er Erfolg hatte, für ihn ein paar Reste übrig bleiben würden. Gelegentlich krächzte er Ermutigung und begann, in Erwartung einer baldigen Mahlzeit, einen hüpfenden, flatternden Tanz im Schnee.

Aber der Wolf war nicht auf der Jagd. Er suchte Hilfe. Als er den Fluss erreichte, senkte er den Kopf, um zu trinken. Mit seiner rosafarbenen Zunge nahm er das kühle Wasser auf und beobachtete gleichzeitig die Umgebung: den Himmel, die Bäume, das Land. Er lauschte dem Rauschen und Gurgeln des Flusses und zuckte zusammen, als der Rabe im Gebüsch neben ihm aufflatterte. Als er den Vogel bemerkte, entspannten sich seine Muskeln. Das Tier war sein ständiger Begleiter und folgte ihm überallhin. Wenn der Wolf Beute machte, profitierte der Rabe nebst seiner gefiederten Familie davon.

Langsam glitt der Wolf in den Strom, ungerührt von der Eiseskälte, die sein wasserdichtes Unterfell ohnehin nicht zu durchdringen vermochte. Die Strömung riss ihn mit sich und ließ ihn kurz untertauchen, bevor er Halt fand und sich zum anderen Ufer vorkämpfen konnte. Er kletterte die Böschung hinauf und schüttelte sich. Dabei flogen die Tropfen aus seinem dunklen Fell wie funkelnde Diamanten.

Der Wolf bewegte sich wie ein Schatten zwischen den Bäumen, manchmal blieb er stehen und lauschte. Seine Ohren zuckten, wann immer er das leise Winseln vernahm, das ihm hinterherwehte. Eilends lief er weiter. Jenseits des Flusses reichte ihm der Schnee bis zum Bauch. Um vorwärtszukommen, musste er mit jedem Schritt hochspringen. Wenn er die Nase emporreckte und die Luft tief einsog, konnte er noch schwach den Geruch seiner Gefährtin empfangen und den ihrer Angst, die größer war als seine. Die Wölfin hatte Schmerzen. Das sagten ihm alle Sinne. Sie brauchte Hilfe. Er hatte versucht, sie aus der eisernen Umklammerung zu befreien, die sie festhielt, aber es war ihm nicht gelungen. Gemeinsam hatten sie sich lange Zeit bemüht, die Eisenkette durchzubeißen, die unter

Baumwurzeln und Buschwerk eingeklemmt war – vergeblich. Sie ließ sich auch nicht fortziehen. Viele Stunden hatte der Wolf neben seiner Gefährtin gelegen, ihre Wunde geleckt und sie mit dem eigenen Körper gewärmt. Einmal hatte er der Wölfin den Hinterlauf einer Hirschkuh gebracht, die sie beide am Tag zuvor getötet hatten. Aber sie wollte nichts fressen; sie wurde immer schwächer. Der Schnee um ihre Pfote färbte sich rot. Der Wolf begriff, dass er sie nicht allein befreien konnte. Er brauchte Hilfe.

Verzweifelt ließ er seine Gefährtin zurück und machte sich auf den Weg dorthin, wo er niemals mehr hatte hingehen wollen: zu den Menschen.

Seine Eltern hatten ihm beigebracht, einen großen Bogen um die streng riechenden Wesen zu machen, und die Erlebnisse im vergangenen Jahr hatten dies auf schreckliche Weise bestätigt. Als die Menschen mit den lauten, stinkenden Maschinen gekommen waren, hatte er seine Familie im Schnee sterben sehen. Nie wieder wollte er in ihrer Nähe sein. Fortan hatte er jede Begegnung mit ihnen vermieden. Und doch suchte er jetzt ihre Hilfe.

Mit weit vorgestreckter, witternder Nase schob er den Schnee vor sich her, als er sich geduckt an die Straße heranwagte. Die Spur, die er dort fand, war schnurgerade und der Schnee fest gepackt, nicht wie die Fährten der anderen Tiere, denen er oft gefolgt war. Sie konnte nur von der lauten Maschine stammen, die er am Nachmittag gehört hatte. Vorsichtig, den buschigen Schwanz tief unter den Bauch geklemmt, trat er in die Spur und witterte den leichten Benzingeruch, der noch in der Luft lag, auch wenn der Lärm längst verstummt war. Sein ganzer Körper signalisierte Gefahr. Jeder Muskel war angespannt, die Nacken- und Rückenhaare richteten sich auf. All seine Sinne waren hellwach, bereit zur Flucht. Aber die Sorge um seine Gefährtin war größer als die Angst. Er konzentrierte sich auf das, was vor ihm lag.

Der Rabe hatte offenbar begriffen, dass es für ihn heute kein frisches Futter geben würde, und sich schimpfend auf einen Baum zurückgezogen. Sein Krächzen war der einzige Laut in der Nacht, abgesehen von dem entfernten Wimmern, das dem Wolf in den Ohren nachhallte.

Als sich der Wald lichtete, sah er die Hütte. Aus dicken Baumstämmen gebaut, schmiegte sie sich tief in den Schnee. Der Wolf blieb stehen. Ein eigenartiges, warmes Leuchten schien von dem Häuschen auszugehen. Die Spur, der er gefolgt war, führte direkt zum Haus. Er verließ sie und sprang in den Schnee. Er hatte sein Ziel erreicht.

Kapitel 1

Mit Tüten, Taschen und Paketen beladen eilte Lindsay Griffin durch das weihnachtlich geschmückte New York. Sie wich einem Mann im Nikolauskostüm aus, der ihr mit einem lauten »Ho-ho-ho« eine Spendendose vor die Nase hielt, und fischte nach dem iPhone, das in ihrer Handtasche klingelte. Sie zog es heraus und klemmte sich das Handy zwischen Schulter und Ohr, während sie gleichzeitig versuchte, die Pakete wieder aufzuheben, die auf den Bürgersteig gefallen waren, und die Einkaufstüte mit dem sündhaft teuren Abendkleid festzuhalten.

»Mist!«, entfuhr es ihr dabei.

»Na, das ist aber eine Begrüßung«, klang es fröhlich vom anderen Ende der Leitung.

Der Spendennikolaus griff blitzschnell zu und verhinderte, dass die Tüte mit dem kostbaren Inhalt ebenfalls auf der Straße landete. Sie bedankte sich mit einem Kopfnicken und kramte fünf Dollar aus der Jackentasche, die sie in die Spendendose steckte. »Danke, Lindsay«, sagte der Weihnachtsmann zu ihr, »und frohe Weihnachten.«

»Ach, Dan. Entschuldige. Ich bin gerade ein wenig im Stress mit den Weihnachtseinkäufen und Besorgungen fürs Wochenende«, rief sie und stutzte.

Woher …? Hatte der Weihnachtsmann sie nicht eben mit ihrem Namen angesprochen? Sie drehte sich nach ihm um, aber er war verschwunden.

»Hör mal, Schatz. Können wir uns heute Abend beim Italiener treffen? Ich mache früher Schluss und möchte dich einladen. Ich muss etwas Wichtiges mit dir besprechen.«

»Prima. Dann brauche ich nicht zu kochen und kann noch das Geschenk für deine Eltern abholen.«

Lindsay wartete die Antwort gar nicht mehr ab und legte auf. Noch einmal schaute sie sich suchend um, aber sie sah nur dick eingepackte Menschen, die durch die Straßen eilten. Sie zuckte mit den Schultern. Bestimmt hatte sie sich getäuscht. Sie hob die Hand und pfiff auf zwei Fingern ein gelbes Taxi herbei. Verwunderte Blicke folgten ihr. Eine elegante, mit Tüten exklusiver Modelabels beladene Dame, die so gekonnt auf zwei Fingern pfiff, erlebte man selbst in New York nicht allzu oft. Ich habe es immer noch drauf, freute sie sich diebisch. Manche Dinge verlernt man nie. Auch als Reporterin beim Chronicle kam ihr manchmal zugute, was ihr Vater ihr als Kind beigebracht hatte. Ein schriller Pfiff erregte immer Aufmerksamkeit, sei es in einer Menge von Kollegen, die sich zum Interview um eine Berühmtheit drängen, oder jetzt, wenn sie ein Taxi brauchte. Sie öffnete die Autotür des vor ihr haltenden Wagens und warf ihre Einkäufe auf den Rücksitz.

»Metropolitan Opera«, rief sie dem Fahrer zu.

Zehn Minuten später waren sie vor dem imposanten Gebäude am Lincoln Center angekommen. Da hier striktes Parkverbot herrschte, bat sie den Taxifahrer, das Center so lange zu umkreisen, bis sie wieder draußen war. Sie ließ die Pakete im Wagen und stürmte in das Foyer des Opernhauses zum Ticketschalter. Dem Sicherheitsbeamten, der sie zurückdrängen wollte, hielt sie ihren Presseausweis vor die Nase. »New York Chronicle! Ich muss etwas abholen.« Der Wachmann trat einen Schritt zurück und machte Platz. Den Protest der Anstehenden ignorierend, rauschte sie an der Warteschlange vorbei zur Kasse, wo sie erneut den Ausweis zückte.

»Ich bin vom New York Chronicle. Für mich sind zwei Karten für die Silvestervorstellung hinterlegt worden.«

Mit einem missbilligenden Blick schob ihr der junge Mann hinter dem Schalter den Umschlag zu.

»Danke und frohe Weihnachten.« Lindsay versuchte, mit ihrem strahlendsten Lächeln den Unmut der Umstehenden zu besänftigen, eilte hinaus und sprang in ihr Taxi, das gerade die dritte Runde um den Block beendet hatte und am Bordstein hielt.

»Cobble Hill!« Aufatmend sank sie in den Sitz. Während sich der Wagen in den üblichen Feierabendstau einreihte und durch die Straßenschluchten von New York kroch, hakte sie auf ihrem iPhone die To-do-Liste ab. Sie hatte das Weihnachtsgeschenk für Michael und Terri gekauft, die Wohnung dekoriert und soeben ein neues Kleid für Heiligabend erworben. Lebensmittel musste sie zum Glück keine einkaufen. Heute würden sie beim Italiener essen, und Weihnachten verbrachten sie bei Dans Eltern Terri und Michael.

Bei dem Gedanken an das Fest wurden Lindsays Knie weich. Dan wollte sie seinen Eltern vorstellen. Bisher hatte er nur sehr wenig von ihnen erzählt. Dans Vater Michael Newman, der berühmte Anwalt, war regelmäßig in den Medien präsent. Sie hatte ihn erst einmal kurz getroffen, als sie ihren Freund im Büro abholte. Dan arbeitete in der Kanzlei seines Vaters und sollte später Partner werden. Daniel – er bestand darauf, »offiziell« so genannt zu werden – hatte sich auf Banken- und Insolvenzrecht spezialisiert, so wie schon seit Vater und sein Großvater, weil dies »das Geschäft der Zukunft« sei. Das Büro von Newman & Son erstreckte sich über die komplette oberste Etage eines Bürohochhauses in Manhattan. Auch Lindsays Arbeitsplatz befand sich in diesem Gebäude, allerdings sehr viel weiter unten. Eigentlich war es nur ein Schreibtisch im Großraumbüro des Chronicle, denn fast alle freiberuflichen Mitarbeiter arbeiteten von zu Hause aus. Lindsay war für die zeitlosen Storys zuständig. Sie schrieb kleine Geschichten aus dem Alltag der New Yorker. Zwar hatte sie ein gutes Gespür für Menschen, wie der Chefredakteur ihr bescheinigte, aber die großen Reportagen blieben den festangestellten Journalisten vorbehalten. Sehr selten bekam sie auch einmal einen festen Auftrag. Das rettete sie dann wieder für eine Weile vor allzu hohen Schulden. So hatte sie im Allgemeinen zwar wenig Geld, dafür aber viel freie Zeit, was ihr nur recht war. Sie nutzte jede Minute, um am Manuskript ihres ersten Buches zu arbeiten. Vor einem Jahr war sie mit einem Literaturagenten, den sie für ihre Zeitung interviewt hatte, ins Gespräch gekommen und hatte ihm von ihrer Buchidee erzählt, einem historischen Liebesroman über eine Karawane der Frauen von Neu England nach Kalifornien im 19. Jahrhundert. Er fand das Thema interessant und hatte ihr versprochen, sich das fertige Manuskript einmal anzuschauen. Ihr Traum, als freie Schriftstellerin zu leben, schien ein Stück näher gerückt. Aber seit sie mit Dan zusammen war, blieb ihr nur noch wenig freie Zeit.

Lindsay hatte den jungen Anwalt auf dem Weg zur Redaktion kennengelernt. Er drängte sich in den Fahrstuhl, als sich die Tür gerade schloss. Freundlich lächelnd nickte er ihr zu, steckte eine Chipkarte in den Schlitz über den Aufzugknöpfen und drückte auf die Sechsundfünfzig. Statt im achten Stock auf der Etage des Chronicle zu halten, schaltete der Aufzug in den Expressmodus und schoss direkt in das Büro von Newman & Son.

»Hey«, protestierte Lindsay. »Ich wollte aussteigen!«

»Oh. Tut mir leid. Ich war in Gedanken«, sagte ihr Gegenüber. Sein Mund verzog sich zu einem Grinsen, als er sie von Kopf bis Fuß musterte.

»Blau wie ein Gebirgssee in der Mittagssonne.« Diesen Spruch hatte sie einmal irgendwo gelesen und schrecklich kitschig gefunden. Wow, so etwas gibt es tatsächlich, dachte sie nun, als sie in die Augen des Mannes blickte, und vergaß dabei völlig, worüber sie sich soeben geärgert hatte.

»Ich hoffe, ich kann es wiedergutmachen. Cappuccino im Diner um die Ecke? Mittagspause?«

Dumme Kuh, schalt sie sich selbst, während sie stumm nickte.

»Wohin wollten Sie?«

»Achter Stock.«

Die Aufzugtür öffnete sich. Bevor er ausstieg, benützte er noch einmal die Chipkarte und drückte auf den Knopf für das achte Stockwerk.

»Entschuldigung.« Sein Lächeln wurde von den verspiegelten Wänden des Lifts zurückgeworfen und schien ihn zu erhellen. Mit einem »Bis später« stieg er aus. Leise schloss sich die Tür, und sie lehnte sich mit weichen Knien an die Wand, als sie ohne Zwischenstopp in die Räume der Zeitung katapultiert wurde. Nach diesem ersten Treffen und dem gemeinsamen Cappuccino in der Mittagspause war sie hoffnungslos verliebt.

Geschickt wich der Fahrer den Staus aus, überquerte den East River über die Brooklyn Bridge und gelangte auf kürzestem Weg durch Downtown Brooklyn nach Cobble Hill. Ihr Trinkgeld fiel entsprechend großzügig aus, als sie vor dem Mietshaus ausstieg, in dem sich ihr kleines Apartment befand.

»Hola, Lindsay«, rief ihr der spanische Gemüsehändler neben dem Eingang zu und drückte ihr eine Tüte Orangen in die Hand. »Feliz Navidad.«

»Gracias, Fernando. Feliz Navidad«, antwortete sie und lächelte. Das mochte sie so an diesem Stadtteil. Jeder kannte jeden, man war eine große Familie. Sie liebte ihre kleine Wohnung, über die sich Dan stets lustig machte. »Künstlerviertel« nannte er Cobble Hill abschätzig. Die Gegend war ihm nicht elegant genug. Dass sie beide dennoch hier wohnten, war ein Kompromiss, den er Lindsay zuliebe eingegangen war. Er selbst hatte sich in der Anwaltskanzlei eine Schlafmöglichkeit mit Dusche eingerichtet, weil er oft bis tief in die Nacht arbeitete und dann im Büro schlafen konnte. Seine Hauptwohnung besaß er in einem Nebenflügel des Anwesens seiner Eltern auf der Upper East Side von New York, einem der teuersten Viertel der Stadt, wenn nicht sogar des Landes. Lindsay hatte ihn dort noch nie besucht. Sie kannte weder seine Wohnung, noch hatte er sie je offiziell seinen Eltern vorgestellt. Gab es einmal eine solche Gelegenheit, war immer etwas dazwischengekommen, oder es hatte aus verschiedenen Gründen nicht gepasst. So verbrachten sie und Dan ihre gemeinsame Freizeit meist in ihrem Apartment.

Voll bepackt mit den Weihnachtseinkäufen, klemmte sich Lindsay noch die Tüte Orangen unter den Arm und schloss mit der freien Hand die Haustür auf. Mit dem Fuß stieß sie die Tür hinter sich zu und sprang die ausgetretenen Treppen zum dritten Stock hinauf. Sie drehte den Schlüssel nacheinander in den beiden Sicherheitsschlössern an der Wohnungstür und tippte nach dem Öffnen sofort den Code für die Alarmanlage ein, die sich direkt neben dem Eingang befand. Einmal hatte sie es vergessen und kurze Zeit später bewaffneten Sicherheitsleuten gegenübergestanden. Sie mochte es nicht, in einem »Hochsicherheitstrakt«, wie sie ihr Apartment nannte, eingesperrt zu sein, sah aber die Notwendigkeit ein, mit der sich die wohlhabenden New Yorker abzufinden schienen.

Auch dadurch fühlte sich Lindsay in ihrer Abneigung gegen Großstädte bestärkt. Sie war auf dem Land groß geworden und liebte dieses Leben. Dort blieben die Haustüren immer unverschlossen. Ihre Eltern hatten am Stadtrand von Doylestown, Pennsylvania, eine Bäckerei gehabt. Als vor zehn Jahren der Betrieb durch einen technischen Defekt abbrannte und ihre Eltern in dem Feuer umkamen, war Lindsay nach New York gezogen in der Hoffnung, die Ablenkungen in der Stadt würden ihr helfen, über den Schmerz hinwegzukommen. Zunächst lebte sie in Queens in einer Wohngemeinschaft mit Louis und André. Das schwule Pärchen aus Frankreich hatte sie in einem Café kennengelernt und war mit ihnen ins Gespräch gekommen. Sie mochte die zwei, ihre Weltoffenheit und die Wärme, mit denen sie jedem begegneten. Als Lindsay erfuhr, dass die beiden einen Mitbewohner suchten, war sie nur zu gern bereit, in die WG zu ziehen. Sie richtete sich ein kleines Zimmer mit billigen Möbeln ein, die sie bunt anstrich, und teilte sich Bad und Küche mit den stets gutgelaunten Franzosen. Die wiederum verwöhnten sie mit köstlichen Gerichten aus ihrer Heimat. Abends, wenn Freunde zum Essen kamen, quetschten sich alle um den Esstisch, der fast die ganze Küche ausfüllte, und diskutierten über Gott und die Welt. Die Gesellschaft und das bunte Treiben in ihrem Viertel gaben Lindsay manche Anregung für ihre Artikel. Das Geld, das sie als freie Mitarbeiterin beim Chronicle verdiente, reichte aus, um ihr WG-Zimmer zu bezahlen. Sie hatte eine schnelle Internetverbindung und konnte von zu Hause aus arbeiten. Dann hatte sie Dan getroffen, der ihr gemütliches Leben innerhalb kürzester Zeit auf den Kopf gestellt hatte.

Unmittelbar nach ihrem gemeinsamen Mittagessen begann er, um sie zu werben. Er schickte Blumen, führte sie zum Essen aus und besuchte mit ihr Galerien, Konzerte und die Oper. Dan zeigte ihr New York, wie sie es bisher nicht kannte. Lindsay war überwältigt und geschmeichelt von seinen Einfällen. Eines Tages rief er sie in der Redaktion des Chronicle an.

»Schau mal aus dem Fenster!«

Vor dem Hochhaus wartete eine weiße Pferdekutsche, die über und über mit roten Rosen geschmückt war. In ihr saß Dan und winkte ihr zu.

»Komm runter! Wir machen einen Ausflug.«

Die Kollegen drängten sich an den Fenstern, als Dan Lindsay galant in die Kutsche half. Sie fuhren in den Central Park. An einer abgelegenen Stelle ließ er die Kutsche anhalten und führte Lindsay durch den Wald auf eine Lichtung, in deren Hintergrund sich Belvedere Castle erhob. Aus dem mitgebrachten Picknickkorb zog er eine Decke und breitete sie auf dem Rasen aus. Darauf verteilte er Gläser und Geschirr. Der Kutscher brachte eine Kühlbox mit den Köstlichkeiten eines New Yorker Gourmet-Caterers: Pastete, italienische Salami, Baguette, verschiedene Sorten Käse, Oliven und Mixed Pickles. Als sie wieder allein waren, öffnete Dan eine Flasche Champagner und goss ihnen beiden ein. Lächelnd sagte er: »Du liebst doch die Natur. Und wir beide mögen gutes Essen. Da hab ich mir gedacht, ich könnte beides verbinden«, und stieß mit ihr an.

»Das hier ist für dich.« Er zeigte auf die Skyline von New York vor ihnen.

Lindsay war überwältigt. So romantisch hatte noch kein Mann um sie geworben.

Nach dem Nachtisch mit Brownies und Kaffee lehnte sich Lindsay an Dan und seufzte tief.

»So hab ich die Stadt noch nie gesehen. Danke für den wunderschönen Ausflug.«

Mit diesem Picknick hatte Dan ihr Herz endgültig gewonnen. Er war der Richtige. Da war sie sich ganz sicher.

Lindsay schloss die Wohnungstür hinter sich zu, zog die Jacke aus und ging ins winzige Schlafzimmer, wo sie die Einkäufe aufs Bett warf und ihre Schuhe in die

Ecke kickte. Barfuß lief sie über den warmen Parkettfußboden in die kleine Studioküche und schaltete die Espressomaschine ein. Der teure Kaffeeautomat war ein Geschenk von Dan, der gern starken Espresso trank. Während der Cappuccino mit leisem Brummen in die Tasse rann, zog sie den Umschlag mit den Opernkarten aus der Handtasche. Dass sie für die lange ausverkaufte Silvestervorstellung von »Die Fledermaus« in der Met noch zwei Karten bekommen hatte, verdankte sie dem Leiter des Kulturressorts vom Chronicle und seinen guten Beziehungen zum Direktor des Opernhauses. Dennoch hatten die sündhaft teuren Karten fast ihr gesamtes Monatseinkommen verschlungen. Aber das Weihnachts- und Willkommensgeschenk für Dans Eltern war es ihr wert gewesen.

Sie trat an das bodentiefe Altbaufenster und schaute hinunter auf die Straße, während sie den heißen Cappuccino in kleinen Schlucken trank. Jean Pierre, der Kellner vom gegenüberliegenden Bistro, fegte gerade den Bürgersteig und winkte zu ihr hoch. Ungewöhnlich, dass es so kurz vor Weihnachten noch nicht geschneit hat, dachte Lindsay und betrachtete die Lichterketten an den Häusern. Ohne Schnee, in dem sie sich widerspiegeln konnten, war die Stimmung nur halb so feierlich.

Sie war im Sommer in das neue Apartment gezogen. Dan hatte die WG »unpassend« gefunden und darauf bestanden, dass sie umzog. Er wolle sie für sich allein haben, hatte er begründet, aber sie wusste natürlich, dass es ihm vor allem nicht gefiel, dass sie mit zwei Männern zusammenwohnte. Beim Abschied von Louis und André waren auf allen Seiten Tränen geflossen, und sie musste den beiden versprechen, so oft wie möglich zu Besuch zu kommen.

Dan engagierte eine Maklerin, die ihnen verschiedene Angebote machte. Schließlich hatten sie sich auf Cobble Hill geeinigt, einen Stadtteil von Brooklyn. Der charmante historische Distrikt mit den schmalen, dreistöckigen Reihenhäusern gefiel ihr auf Anhieb. Die Lage der Wohnung – direkt am kleinen Cobble Hill Park – war originell und »hip«, wie Lindsays Freundinnen bestätigten, und gerade deshalb auch extrem teuer. Die Warmmiete für die Eineinhalbzimmersuite betrug 3500 Dollar im Monat. Aber das Hochhaus, in dem sich Dans Kanzlei und die Räume des »Chronicle« befanden, war mit der U-Bahn schnell erreichbar, und Dan übernahm den größten Teil der Miete.

Abgesehen von den Sicherheitsvorkehrungen fühlte sie sich hier wohl. Die verschiedenfarbigen Klinkerfassaden der Häuser aus dem 19. Jahrhundert vermittelten die altmodische Gemütlichkeit einer Kleinstadt. Man kannte sich, unterhielt sich mit den Nachbarn, traf sich reihum zum Kaffee. In Hinterhöfen waren blühende Gärten und einzigartige Biotope entstanden. Lindsay kaufte ihr frisches Gemüse in Bioläden und scherzte mit den Ladenbesitzern. Anders als in Manhattan wurden in diesem Stadtteil die Straßen von Alleebäumen gesäumt, so dass im heißen New Yorker Sommer die zahlreichen Straßencafés im Schatten lagen. Oft war Lindsay aus der vollklimatisierten, eisgekühlten Wohnung ins Freie geflüchtet, um mit dem Laptop in einem der Cafés zu arbeiten. Selbst jetzt, im Dezember, saßen ein paar Hartgesottene dick eingemummt an den Tischen auf dem Gehweg und hielten die Gesichter in die Sonne.

Lindsay schluckte den letzten Rest Cappuccino hinunter und stellte die Tasse in die Spülmaschine. Im Bad streifte sie die Kleider ab und trat unter die Dusche. So viel Zeit musste sein. Sie seifte sich ein und fuhr sich dabei abschätzend über die Hüften. Nein, sie entsprach wirklich nicht dem gängigen Schönheitsideal der New Yorker von »Size Zero«. Dan hatte sie manchmal aufgezogen. »Wenn du willst, kann ich für dich einen Termin bei Terri machen.« Er nannte seine Mutter nur beim Vornamen.

Lindsay kannte die Schönheitschirurgin aus Klatschzeitschriften und dem Fernsehen. Immer wenn ein Hollywoodstar plötzlich mit einer neuen Nase oder einer deutlich vergrößerten Oberweite auftauchte, war sie im Gespräch. Dans Mutter war eine bildhübsche Frau und sah selbst aus wie ein Star, nur dass bei ihr alles echt war. Ihr Körper mit der Figur eines Models war ein Gottesgeschenk. Die dunklen, vollen Haare trug sie zum Pagenkopf frisiert, die Nase hatte die perfekte Form antiker Skulpturen.

Lindsay stellte die Dusche ab und wickelte ein Handtuch als Turban um ihr nasses Haar. Vor dem Spiegel betrachtete sie sich. Zugegeben, ihre Hüften und die Oberschenkel waren schon immer ihre Problemzonen gewesen. Aber Dan hatte ihr stets versichert, dass er ihre Kurven liebe. Mit dem Badetuch trocknete sie sich ab und tupfte die Wassertropfen von der Stupsnase, die keine Schönheitskorrektur brauchte und neben den großen braunen Augen das Anziehendste an ihr war.

Schnell legte sie Make-up auf, schlüpfte in die dunkelblauen Jeans und zog den roten Pullover über. Der Weihnachtspullover mit den fröhlichen Ornamenten war ihr Lieblingskleidungsstück in dieser Jahreszeit. Mit dem Föhn blies sie kurz durch die glatten, rotbraunen Haare, die ihr glänzend auf die Schultern fielen. Zufrieden nickte sie ihrem Spiegelbild zu und griff nach der warmen Fleecejacke.

Dan legte Wert auf gutes Aussehen. Wenn sie ausgingen, erwartete er, dass sie sich angemessen kleidete. Da sie sich teure Garderobe nicht leisten konnte, brachte er ihr oft traumhafte Röcke, Kleider und Blusen als Geschenk mit. Nur bei den schicken High Heels hatte sie protestiert. Schon beim ersten Versuch, darin zu laufen, hatte sie sich fast den Knöchel gebrochen. Schließlich fand sie einen Kompromiss, der auch Dan zufriedenstellte, indem sie elegante Schuhe mit einem kleinen Absatz trug. Heute jedoch stieg sie in die kniehohen, gefütterten Lederstiefel. Sie schnappte sich den Haustürschlüssel von der Kommode, gab den Abwesend-Code in die Alarmanlage ein und zog die Wohnungstür ins Schloss.

Kapitel 2

Der junge schwarze Wolf schlief fest zusammengerollt neben seinen Geschwistern im Schnee. Die Wölfe glichen kreisförmig angeordneten schneebedeckten Steinen, gelegentlich war ein Ohr oder eine Pfote zu sehen, die zuckten. Eine seiner Schwestern streckte sich und legte sich auf die Seite. Ein silberner Streifen entlang des Unterbauchs erhellte ihr dunkelgraues Fell. Die anderen Jungwölfe und Jährlinge hatten dunkles Rückenfell mit rostfarbenen Flecken auf der Brust. Wenige Meter entfernt schliefen ausgestreckt die Eltern, die Rücken aneinandergepresst.

Die Wolfsfamilie hatte gestern lange vergeblich nach Nahrung gesucht und war schließlich hungrig eingeschlafen. Jetzt wachten sie auf, zuerst die Kleinen. Der Schwarze wurde geweckt, als seine Schwestern in Spiellaune auf ihn sprangen. Bevor er sich aufrappeln konnte, hatten ihn schon seine beiden jüngeren Brüder angerempelt. Sie sprangen über ihn hinweg und in ihn hinein, bissen einander in die Ohren und den Nacken und drehten sich im Kreis, als sie versuchten, sich selbst in den Schwanz zu beißen. Für ein paar Minuten ähnelten sie alle einem Haufen übermütiger Teenager. Dann schüttelten sie sich, und der Schwarze sauste als Erster los. Mit einem Satz flog er über die noch dösenden Erwachsenen hinweg, die anderen folgten ihm. Der Jüngste rutschte im Schnee aus und schlitterte in seinen Vater hinein, der aufsprang und ihn anknurrte. Sofort rollte sich der Kleine auf den Rücken und wimmerte, woraufhin der Vater ihm den Schnee vom Gesicht leckte. Jetzt kam auch der Schwarze mit seinen Geschwistern zurück. Sie sprangen den Vater an und rollten mit ihm im Schnee, dann sausten sie davon. Das weckte die anderen erwachsenen Familienmitglieder. Sie alle jagten einander, selbst die Eltern machten mit. Schnee stob unter den tobenden Wölfen auf. Als alle schließlich hechelnd innehielten, hatten sie sich in ein Rudel weißer Wölfe verwandelt. Nachdem sie sich den Schnee aus dem Fell geschüttelt hatten, rannten die jungen Wölfe auf ihre Eltern zu und überfielen sie mit Küssen, Lecken und kleinen liebevollen Bissen. Sie sprangen über sie und rempelten sich an, formten einen riesigen Haufen, so dass es schwer war zu sagen, wo der eine Wolf anfing und wo der andere endete. Sie bissen einander in die Schnauzen, wanden sich, rieben und berührten sich immer wieder, hüpften mal über Baumstümpfe, dann krabbelten sie über Felsen und tauchten durch Büsche hindurch, die ihren Weg blockierten.

Der Schwarze war auf einen Hügel geklettert, seine jüngeren Geschwister folgten ihm. Sie sahen sich an, dann machten sie es wie ihr großer Bruder, hechteten über den Rand und schlitterten den Schneehang hinab. Dabei drehten sie sich um die eigene Achse und zogen eine Wolke aus Schneestaub hinter sich her. Der Schwarze verschwand in einer Senke. Er erschnüffelte die Spuren anderer Tiere: Hirsche, Kojoten, Füchse, Marder.

Der Leitwolf war der Erste, der zu heulen begann. Er sang. Bevor sein Lied von der immensen Stille des Tals geschluckt wurde, fielen die anderen ein. Die langen Basstöne des wilden Chors wurden das Tal hinuntergetragen und von den verschneiten Klippen der Berge zurückgeworfen.

Plötzlich hörten sie eine Antwort. Ein tiefes Brummen und Aufheulen. Die Wölfe standen still und spitzten die Ohren. War ein anderes Rudel in der Nähe? Die Eltern erkannten das Geräusch zuerst. Mit einem kurzen Warnbellen forderten sie ihren Nachwuchs zur Flucht auf. Sie drehten sich um und rannten in alle Richtungen, die Augen weit aufgerissen. Die Kleinen wussten nicht, was geschah, aber sie folgten den Eltern. Sie hatten gelernt, in neuen und unbekannten Situationen ihren Entscheidungen blind zu vertrauen. Die Pfoten des Schwarzen berührten kaum den Boden. Das Geräusch kam näher. Plötzlich war es kein Heulen mehr, sondern ein metallenes Aufkreischen. Zum ersten Mal hörten die Jungwölfe den Klang von Schneemobilen. Es stank nach Metall und Benzin. Und noch ein Geruch war da: Menschen.

Die Jungwölfe hatten gelernt, dass dieser Geruch große Gefahr bedeutet.

Stimmen mischten sich in den Lärm. »Ich seh sie! Wir haben sie!« Unbemerkt schlug der Schwarze einen Haken und flüchtete in dichtes Unterholz. Seine Eltern blieben kurz stehen, um nach der Familie zurückzuschauen. Dabei holten die Maschinen auf. Schwer atmend drückte sich der Schwarze auf den Boden, wurde eins mit ihm. Dann sah er, wie die Welt, die er bisher kannte, sich auflöste. Es knallte mehrmals laut, und seine

Geschwister flogen durch die Luft. Sein Vater, mit dem er gerade noch gespielt hatte, wirbelte herum und versuchte, den »Biss« abzuwehren, der sich in seinen Rücken gebohrt hatte. Er sank zu Boden neben seine Gefährtin, die sich nicht mehr rührte. Ein Schneemobil hielt neben ihm an. Der Schwarze beobachtete, wie sein Vater zu dem Menschen aufschaute, der das Visier seines Helms hochgeklappt hatte und ihm direkt in die Augen blickte. Dann schoss der Mann, und der Leitwolf war tot. Der Schnee färbte sich rot.

Der Schwarze rührte sich nicht in seiner Deckung. Er war vor Angst erstarrt.

»Habt ihr alle?«, fragte einer der Männer auf den Maschinen.

»Ich weiß nicht. Da war noch so ein Schwarzer«, antwortete ein anderer. »Den hätte ich gerne als Bettvorleger.« Er lachte laut.

»Vergiss es!«, rief ihm sein Kumpel zu. »Lasst uns die Biester aufladen und abhauen. Die machen uns keinen Ärger mehr.«

Die Männer stapelten die Körper der Wölfe auf ihre Maschinen und banden sie fest. Leblos baumelten ihre Köpfe herunter. Unter den tiefhängenden Ästen einer Kiefer verborgen, schaute der Schwarze zu, wie die Maschinen verschwanden.

Noch lange, nachdem die Geräusche der Motorschlitten verklungen waren, blieb der Jungwolf regungslos in seinem Versteck liegen. Der Himmel verdunkelte sich, und die silberne Mondscheibe stieg hinter den Bergen auf. Sie tauchte die Schneefläche, auf der seine Familie gestorben war, in ein kaltes Licht. Langsam fielen dicke

Flocken vom Himmel und bedeckten das Blut, das sich auf der weißen Decke ausgebreitet hatte. Zögernd erhob sich der Schwarze. Mit tief unter den Bauch geklemmtem Schwanz und fast auf dem Boden kriechend näherte er sich der Stelle, wo er seine Eltern und Geschwister zuletzt gesehen hatte. Er schnupperte und roch noch ihre Wärme, aber er roch auch die Maschinen und die Menschen. Und er roch den Tod. Ein tiefer, einsamer Klang brach aus ihm heraus. Er rief nach seiner Familie, die ihn nicht mehr hören würde, schrie seinen Schmerz in den Nachthimmel, lauschte und erhielt keine Antwort. Er war allein.

Langsam ging der Wolf zum Waldrand, schaute noch einmal zurück. Dann drehte er sich um und wurde von den Bäumen verschluckt.

Kapitel 3

Als Brian Johnson die Fahrertür des Pick-ups öffnete, flog ein Schwall Pulverschnee in den Kragen seines Parkas.

»Verd…«, begann er, musste dann aber über sich selbst lachen. Er hätte es besser wissen müssen. Unzählige Male war ihm das schon passiert. Es schneite in der Nacht, er lief frühmorgens in Gedanken zum Auto und machte die Tür auf. Rums – war er mit Schnee eingepudert. Wann würde er es endlich lernen, den Wagen erst abzukehren und dann die Tür zu öffnen? Dabei hatte er sich dafür extra einen Besen neben die Haustür gestellt. Aber egal, heute konnte ihm nichts die Laune verderben, noch nicht einmal eine kalte Abreibung von oben.

Er klopfte sich den Schnee aus der Kleidung, stellte den Thermobecher mit dem Kaffee in die Halterung am Armaturenbrett, ließ den Wagen an und drehte die Knöpfe für die heizbaren Front- und Heckscheiben auf die höchste Stufe. Dann griff er nach dem Eiskratzer, der auf dem Beifahrersitz lag. Die Heizung funktionierte und hatte schon begonnen, das Eis auf den Scheiben anzutauen. Er kratzte die Reste fort.

»Kein gutes Beispiel, Herr Ranger«, tadelte er sich selbst. »Umweltsünder!«

Dabei war es gar nicht so kalt – nur minus fünfzehn Grad, für Montana eine ganz normale Wintertemperatur. Bei sehr niedrigen Temperaturen nutzte er die elektrische Motorheizung und schloss das Kabel, das aus dem Motor heraushing, nachts an eine der Steckdosen an, die an den meisten Parkplätzen angebracht waren.

Im Osten kroch die Sonne blassrosa über den Horizont und vertrieb die letzten Schneewolken. Es würde ein schöner Tag werden. Gut gelaunt stieg Brian in den Wagen und fuhr los. Für die Nebenstraße von seinem Haus bis zur Hauptstraße musste er den Allradantrieb benutzen. Jim, der den Schneepflug fuhr, befreite zwar den Ort West Yellowstone stets früh von den Schneemassen, kam aber nicht in die abgelegenen Gebiete. Aber Brian hatte hilfsbereite Nachbarn. Die meisten von ihnen waren Farmer und rüsteten ihre Traktoren im Winter mit Schneeschaufeln oder Schneefräsen aus, mit denen sie dann auch seine Einfahrt räumten. So konnte er sicher sein, dass bei seiner Heimkehr am Abend die Straße für ihn frei war. Er bedankte sich seinerseits mit einer Essenseinladung. Kochen war sein Hobby und gute Nachbarschaft in der Abgeschiedenheit von Montana ein Segen.

Das laute Röhren eines Schneemobils, das aus einer Seitenstraße schoss und ihm die Vorfahrt nahm, riss Brian aus seinen Gedanken. Er hatte West Yellowstone erreicht. Langsam fuhr er die Hauptstraße hinunter. Die Häuser und Ladengeschäfte zu beiden Seiten sahen mit ihren Sperrholzfassaden aus wie die Filmkulisse für einen Western. Auf ihnen lag meterhoher Schnee, der regelmäßig heruntergeschoben werden musste, damit die

Flachdächer nicht unter ihm zusammenbrachen. Obwohl an Weihnachten normalerweise Hochsaison war, standen einige Souvenirläden leer. Montana schlitterte gerade in eine wirtschaftliche Krise. Viele Amerikaner konnten sich einen Urlaub nicht mehr leisten und blieben zu Hause. Im Gegensatz zu früheren Jahren waren manche Hotels nicht mehr ausgebucht. Noch lag die Stadt im Schlaf, abgesehen von ein paar Frühaufstehern – oder Spätheimkehrern. Nach dem Frühstück jedoch würden die Hotelgäste in die großen Vans steigen, die sich statt auf Rädern auf einer Konstruktion aus Ketten fortbewegten, und damit in den Nationalpark fahren. Die Touren führten zum Old Faithful und nach einem zweistündigen Mittagsstopp zurück. So hatte jeder der Fahrgäste Zeit, den berühmtesten Geysir der Welt ausbrechen zu sehen, ein paar Bisons zu fotografieren, die an den dampfenden, heißen Quellen lagen, und ein schnelles (überwiegend schlechtes) Mittagessen zu sich zu nehmen.

Brian dachte an den Stress, dem nicht nur die Touristen, sondern vor allem auch die Tiere ausgesetzt waren. Die Bisons, die die geräumten Straßen für eine bequemere Fortbewegung nutzten, nahmen galoppierend vor den dröhnenden Vans und Schneemobilen Reißaus und vergeudeten dabei viel Energie, die sie für den Winter so dringend benötigten.

Vorsichtig bog er in die Dunraven Street ab und schlitterte auf den Parkplatz zum Supermarkt. Ein müder Angestellter füllte Obstregale auf. Brian schnappte sich zwei Äpfel und eine Packung Kekse. Das sollte als Frühstück ausreichen. Zu Mittag würde er sich im nahe gelegenen Fast-Food-Restaurant einen Hamburger holen. Zwar kochte er gern, aber wenn er allein war, reichte ihm ein Gang zum Schnellimbiss.

Als er in den Pick-up stieg, hörte er die Wölfe vom benachbarten Grizzly & Wolf Discovery Center heulen. Arme Kerle, dachte er. Sieben Bären und acht Wölfe lebten in Gehegen, die seiner Auffassung nach viel zu klein waren. Ihm taten die Tiere leid, vor allem, weil nur wenige Meter entfernt, hinter dem hohen Starkstromzaun, eine unberührte Wildnis lag – die Heimat ihrer freien Brüder und Schwestern. Wie fühlte es sich wohl an, eingesperrt zu sein und täglich Menschen zu ertragen, die lärmten, rannten und durch Pfiffe und Heulen versuchten, die Aufmerksamkeit der Tiere zu erlangen? Kein Unterschlupf, keine Möglichkeit, dem zu entkommen. Ob die, die so etwas bauten, sich jemals in die Tiere hineinversetzten?

Er wollte nicht weiter darüber nachdenken und fuhr vorbei am IMAX-Kino, raus aus der Stadt zur Rangerstation des Forest Service. Jim hatte bereits die Straße und die Einfahrt geräumt, nur den Fußweg noch nicht. Brian stellte das Auto ab, trank noch einen Schluck Kaffee, holte die Schneeschaufel von der Ladefläche seines Pick-ups und schaufelte den Eingang frei.

Er schloss die Tür auf, knipste das Licht an und brachte die Einkäufe in die Küche. Die Hitze in den Räumen traf ihn wie ein Schlag. Kopfschüttelnd drehte er den Thermostat herunter und öffnete die Fenster. Bridget, seine Kollegin, hatte gestern Abend während ihres Dienstes die Heizung auf die höchste Temperatur gestellt. Brian hatte sie schon oft deswegen aufgezogen.

»Warum ziehen eigentlich ausgerechnet die nach Montana, die am meisten frieren, so wie du?«

»Ich mag den Winter«, hatte Bridget trotzig geantwortet. »Aber ich muss es trotzdem warm haben.«

Brian hatte aufgegeben, das verstehen zu wollen.

Er und Bridget arbeiteten als festangestellte Ranger beim Forest Service. In der Hauptsaison, den Monaten Juni bis Mitte September, wurden sie noch von zwei Aushilfskräften unterstützt.

Brian liebte seinen Job. Dafür hatte er sogar ein Angebot für eine Festanstellung als Ranger im Yellowstone Nationalpark abgesagt – sehr zum Unverständnis seiner Kollegen.

»So eine Gelegenheit solltest du dir nicht entgehen lassen«, hatten sie gesagt. Park Ranger zu sein, noch dazu in einem »Prestige-Park« wie Yellowstone, war etwas, das viele als Höhepunkt ihrer Karriere anstrebten.

»Ich habe keine Lust, Strafzettel zu verteilen oder Touristen von den Tieren fortzujagen, denen sie auf die Pelle rücken. Mir ist das alles zu viel Trubel«, antwortete Brian. Dabei kannte er den Park gut. Vor zehn Jahren hatte er für sein Studium ein einjähriges Praktikum dort absolviert. Er hatte in Missoula Wildbiologie und Forstwissenschaften studiert und einen Spezialkurs zum Betäuben von Wildtieren erfolgreich abgeschlossen.

Um mehr Erfahrung zu sammeln, bewarb er sich beim Wolfsprojekt von Yellowstone. Die Wölfe, die Mitte der neunziger Jahre im Nationalpark angesiedelt worden waren, verbreiteten sich und mussten von den Biologen beobachtet werden. Dazu wurden einigen von ihnen Sendehalsbänder angelegt. Um sie einzufangen, betäubte Brian sie aus einem Hubschrauber mit einem Spezialgewehr oder fing sie in Spezialfallen ein. Jedes Mal litt er mit den Tieren, wenn er ihre Panik beim Betäuben erlebte, und versuchte, seine Arbeit so schnell und schonend wie möglich zu erledigen. Niemals würde er den Augenblick vergessen, als er neben seinem ersten schlafenden Wolf kniete. Das Tier war riesig, mit Pfoten fast so groß wie seine Handfläche. Seit diesem magischen Moment liebte er Wölfe noch mehr und beobachtete sie in seiner Freizeit, so oft er konnte. Er war fasziniert von ihrem Sozialverhalten und der liebevollen Art, wie sie miteinander umgingen.

Nach dem Examen fand er eine Stelle im Apache National Forest im südlichen Arizona. Die Regierung hatte beschlossen, den vom Aussterben bedrohten Mexikanischen Wolf in den Bergen wieder anzusiedeln. Brian half, Wölfe, die im Zoo aufgezogen wurden, in die Freiheit zu entlassen. Aber das Projekt war vom Unglück verfolgt. Die Rancher, die keine Wölfe auf ihrem Land duldeten, erschossen fast jeden, den er und seine Kollegen freiließen. Zutiefst frustriert war Brian kurz davor gewesen, alles hinzuwerfen – bis er Natalie traf.

Kapitel 4

Der Wind wirbelte ein paar vertrocknete Blätter über den Asphalt, als Lindsay auf die Straße trat. Bis zum Italiener war es nicht weit, sie lief die Strecke zu Fuß. Drei Straßenzüge weiter erblickte sie die schwarze Markise mit den goldenen Buchstaben »Tre Panoce«.

Sie war aufgeregt. Es war schon eine Weile her, dass sie beide ausgegangen waren. Dan arbeitete oft bis spät in die Nacht. Wenn er nicht im Büro schlief, übernachtete er bei ihr. Sie kochte gern für ihn in der kleinen Küche. Aber jetzt freute sie sich auf das Lokal, das ihr gemeinsames Lieblingsrestaurant war. Das Essen war ausgezeichnet, der Service persönlich und doch dezent. Einen Tisch musste man Monate im Voraus reservieren, es sei denn, man war ein Freund von Roberto, dem Chef, so wie Dan. Er hatte ihn nach einem Bankencrash vertreten und ihm geholfen, sein Geld zurückzubekommen. Seither stand stets ein reservierter Tisch für die Anwaltskanzlei und ihre Kunden bereit.

Wie immer war Lindsay zu früh. Roberto hatte sie bemerkt und eilte ihr mit ausgebreiteten Armen entgegen. »Lindsay! Bella! Cara mia.« Er drückte sie an sich wie ein lang vermisstes Familienmitglied und führte sie zu einem weihnachtlich dekorierten Tisch am Kamin. Das künstliche Gasfeuer flackerte und verbreitete

Behaglichkeit. Die Kerzen in den Windlichtern auf den Tischen tauchten das Lokal in ein warmes Orange.

Roberto nahm ihr die Jacke ab und reichte sie an einen Kellner weiter, der sie zur Garderobe im hinteren Teil des Restaurants brachte. Er schob den Stuhl für sie zurecht und goss aus einer Karaffe Eiswasser in das Kristallglas vor ihr. Lindsay lächelte ihn an und kramte die wenigen italienischen Worte hervor, die sie bei einer Studienreise nach Verona gelernt hatte.

»Grazie, Roberto. Come sta?«

»Perfettamente.« Der Chef strahlte über das ganze Gesicht. Lindsay wusste, dass es ihm Freude machte, wenn sie ihn auf Italienisch begrüßte, selbst wenn es nur ein paar Floskeln waren. Wann immer sie sich irgendwo längere Zeit im Ausland aufhielt, bemühte sie sich stets, wenigstens die notwendigsten Ausdrücke wie »Guten Tag«, »Bitte« und »Danke« in der Sprache des Gastlandes zu lernen.

Zufrieden lehnte sie sich zurück. Ihre Vorfreude auf Dan wurde nur noch von ihrer Neugier übertroffen. Was er wohl mit ihr besprechen wollte? Er hatte geheimnisvoll getan. In der hintersten Ecke ihres Herzens lauerte ein winziger Hoffnungsschimmer. Sie lebten seit fast einem Jahr zusammen, und immer noch hatte er sie nicht seinen Eltern vorgestellt. Überhaupt wusste sie viel zu wenig über ihn. Anfangs wollte sie ihn nicht drängen.

»Lass es langsam angehen, Chéri«, rieten ihr ihre Herzensberater aus der WG, denen Lindsay alles haarklein berichtete.

»Männern muss man Zeit lassen, sich zu öffnen, nicht wahr?« André knuffte Louis liebevoll in die Seite.

»Nicht unbedingt. Du hast mich schnell überzeugt«, antwortete dieser seinem Lebensgefährten und spitzte den Mund zu einem Luftkuss.

Lindsay hielt sich an den Rat und wartete darauf, dass Dan von sich aus von seinem Leben erzählen würde. Sie sprachen über alles miteinander – über Politik, gesellschaftliche Themen, Bücher, die sie gelesen hatten, oder Künstler, deren Galerien sie besucht hatten. Lindsay mochte den anregenden intellektuellen Austausch mit Dan. Nur von sich persönlich erzählte er wenig. Sie dagegen scheute sich nicht, ihm alles zu sagen, was sie bewegte. Wenn sie jemanden liebte, öffnete sie ihm ihr Herz und ihre Seele. Zu weit, fanden wohl die beiden Männer aus ihrer WG. Für sie war Lindsay wie eine kleine Schwester, sie wollten nicht, dass sie verletzt wurde. Als sie nach einem gemeinsamen Essen in der Küche abspülten, sagten sie zu ihr: »Pass ein wenig auf dich auf. Und erzähl Dan nicht alles, was dich bewegt.«

»Aber wieso denn nicht, wir lieben uns doch?«, fragte Lindsay. »Und euch hab ich doch auch alles erzählt.« Sie spürte, dass ihre beiden Freunde Dan nicht mochten.

»Was weißt du von ihm? Du kennst ihn kaum. Sei einfach ein wenig zurückhaltend«, riet Louis. Und André fügte hinzu: »Wenn er dir weh tut, bekommt er es mit uns zu tun.« Er schwenkte das Brotmesser, das er gerade abtrocknete, drohend in der Luft und rollte so mit den Augen, dass Lindsay in lautes Gelächter ausbrach. Dennoch nahm sie sich vor, auf den Rat ihrer Freunde zu hören und in Zukunft etwas vorsichtiger zu sein mit dem, was sie von sich preisgab.

An einem besonders schönen Wochenende, das sie und Dan fast vollständig im Bett verbracht hatten, vergaß Lindsay ihre Vorsätze und erzählte ihm von ihrem Traum, Schriftstellerin zu werden. Dans Meinung dazu war eindeutig: Schriftsteller sei man erst, wenn man einen Bestseller veröffentlicht habe. Alles andere zähle nicht.

»Aber wenn du willst, kann ich dir einen Verlag für dein Manuskript besorgen«, schlug er Lindsay vor.

»Ich habe kürzlich einen Prozess für Simon & Schuster gewonnen, die schulden mir noch was. Wenn du magst, rede ich mit dem Cheflektor.«

In ihrem Stolz gekränkt, lehnte Lindsay ab. Sie wollte nicht über Beziehungen zu einem Verlag kommen, außerdem hatte sie ja bereits einen Literaturagenten, dem sie vertraute. Dan schien verärgert über die Ablehnung zu sein und fügte nach kurzer Überlegung hinzu: »Ist ja auch egal. Wenn wir erst einmal verheiratet sind, dann wirst du sowieso keine Zeit mehr für dein Buch haben.«

Abrupt setzte sich Lindsay auf und sah ihn entgeistert an. Konnte ein so moderner, erfolgreicher Mann tatsächlich noch in alten Macho-Klischees denken? Hatte er nicht vorher schon etwas Ähnliches geäußert?

Während sie in ihrem Gedächtnis kramte, schob sich eine Bemerkung von Dan in ihr Bewusstsein – »Wenn wir erst einmal verheiratet sind …« –, und ihr Gesichtsausdruck verwandelte sich von Fassungslosigkeit in Staunen.

»Hast du mir eben einen Antrag gemacht?«, fragte sie Dan.

»Ich kann mich nicht erinnern«, antwortete der mit einem breiten Grinsen und zog sie unter leidenschaftlichen Küssen zu sich hinunter. Später verloren sie kein

Wort mehr über diesen Augenblick. Dan schien es vergessen zu haben, und Lindsay wagte nicht, das Thema zu erwähnen, aus Angst, dass ihre schillernde Seifenblase an der Realität zerschellen würde.

Und nun wollte Dan sie dringend sprechen. Lindsay seufzte tief und nippte an ihrem Eiswasser.

»Signorina!« Roberto war neben den Tisch getreten und flüsterte ihr ins Ohr:

»Signore Newman ist gerade angekommen.« Mit einem Kopfnicken bedankte sich Lindsay lächelnd beim Restaurantchef.

Sie drehte sich auf ihrem Stuhl um und beobachtete, wie Dan durch das Lokal auf sie zuschritt. Es glich einem Auftritt auf großer Bühne.

Jetzt Zeitlupe und Musik – Orchester, Tusch!, gab Lindsay innerlich Regieanweisungen und musste kichern. Die Köpfe aller Frauen drehten sich nach dem gutaussehenden Mann um, und das Raunen der Gespräche verstummte für einen Moment. Dan sah umwerfend aus – und wusste es auch. Weil heute »Casual Friday« war, hatte er auf den Maßanzug verzichtet. Freitags gingen die New Yorker Männer als Einstimmung auf das Wochenende in einer Art eleganter Freizeitkleidung ins Büro. Dans »Freizeitlook« bestand aus einem dunkelblauen, sportlichen Kaschmirsakko von Ralph Lauren, dazu trug er ein hellblaues Oxford-Hemd und eine sandfarbene Cordsamthose. Statt einer Krawatte hatte er einen Schal in dunklem Burgunder um den Hals geschlungen. Den stopfte er nun in den Ärmel seines modischen Parkas und drückte diesen dem Kellner in die Hand, der mit ihm zur Garderobe verschwand.

Als er mit einem strahlenden Lächeln auf sie zukam, spurte sie wie beim ersten Treffen Schmetterlinge im Bauch. Hochgewachsen, schlank und sportlich, die schwarzen, dichten Haare mit einem Hauch Silber an den Schläfen. Als »italienischer Typ« hatte sie ihn ihren Freundinnen beschrieben. Dan küsste sie auf beide Wangen und setzte sich ihr gegenüber an den Tisch. Die Frauen an den umstehenden Tischen nahmen die Gespräche wieder auf.

»Martini straight up«, rief er der Bedienung zu, die sich dem Tisch näherte. Lindsay winkte ab. Sie blieb bei Wasser. Der Kellner füllte ein zweites Glas Eiswasser für Dan und entfernte sich.

Dan blickte seine Freundin liebevoll an und legte die sorgfältig manikürten Hände auf die ihren.

»Du siehst großartig aus«, sagte er, zog ihre beiden Hände zu sich und küsste sie auf die Fingerspitzen.

»Selber«, strahlte Lindsay zurück.

»Ich liebe dich über alles.« Dan schaute auf ihre Finger, die er jetzt zärtlich mit seinen Daumen streichelte.

»Ich weiß.« Lindsay entzog ihm ihre Hände und berührte mit einer Handfläche zart sein Gesicht.

Dan räusperte sich. »Ich muss mit dir reden.«

Lindsay wunderte sich. Sie hätten heute Abend auch zu Hause miteinander reden können oder morgen im Auto auf der Fahrt zu seinen Eltern. Aber vielleicht hatte er eine besondere Überraschung für sie. Ihr Herz klopfte schneller. Womöglich war heute der große Tag, und er würde ihr jetzt den Antrag machen, auf den sie schon so lange wartete. Warum sonst hätte er sie seinen Eltern vorstellen und gemeinsam mit ihnen das Weihnachtsfest feiern wollen? Gleich würde er romantisch neben ihr auf die Knie sinken und das Kästchen mit dem Verlobungsring aus der Tasche ziehen. Sie würde auf seine Frage ein »Ja« hauchen, und das ganze Lokal stünde auf und würde applaudieren. So etwas hatte sie kürzlich im Fernsehen gesehen und sich in Gedanken eine Notiz gemacht für die Szene, die sie sicher irgendwann in ihrem Roman verwenden könnte.

Erwartungsvoll sah sie ihn an, und Dan lächelte zurück, aber seine Augen blieben ernst.

»Lindsay, ich …« Dan räusperte sich erneut. »Es geht um Weihnachten.«

Kapitel 5

Der kalte Ball der Morgensonne kroch so langsam über den Horizont wie ein entflohener Ballon, bis er sich errötend über dem Wald eingependelt hatte.

Ein paar Wolken zogen aus Richtung Westen herbei. Ihre Zentren waren dunkelgrau, die Ränder purpurrot. Sie hinterließen rosa Lichtstrahlen am Himmel, wie die Speichen eines Rades. Das rote Licht verfärbte den Schnee, die Bäume und das schwarze, dichte Fell des Wolfes, der zusammengerollt schlief, mit einer Pfote über der Schnauze. Ein paar einzelne Schneeflocken landeten auf seinem Rücken und blieben dort liegen. Träume überfluteten seinen Schlaf. Er träumte von seinen Geschwistern. Sie zerrten an Fetzen von Tierfellen, jagten sich zwischen tiefen Schneewehen und rutschten gemeinsam schneebedeckte Hügel hinunter.

Als der Schwarze aufwachte, war er allein mit seinen Gedanken und Erinnerungen. In den vergangenen Wochen hatte er gelernt, ohne die Hilfe und Unterstützung seiner Familie zu überleben. Er jagte Mäuse und Hasen. Einmal entdeckte er einen Hirschkadaver, der schon zu einem großen Teil aufgefressen war. Zwei Kojoten stritten sich um die Reste. Sie flüchteten, als sich der Wolf näherte. Die Raben, die die Gelegenheit nutzten, um einen Fleischbrocken zu stibitzen, flatterten auf und beobachteten ihn. Er schnappte sich einen Hinterlauf und trug ihn zu seinem geheimen Platz, einer kleinen Höhle zwischen zwei Felsen. Dabei hielt er den Kopf hoch erhoben, damit seine Mahlzeit nicht über den Boden schleifte. Mehrmals stieß er gegen Bäume.

Manchmal hörte er ein entferntes Heulen, aber er antwortete nicht. Eines Tages fand er eine frische Wolfsspur im Schnee. Sie roch anders als die Spuren, die er bisher gefunden hatte. Sie gehörte nicht zu einem der benachbarten Wolfsrudel. Aus einer gelben Urinmarkierung las er, dass hier ein Weibchen allein unterwegs war. Gespannt folgte er ihrer Fährte, der buschige Schwanz schlug vor Aufregung hin und her. Er heulte. Seine kräftige Stimme durchbrach die Stille. Die Antwort kam ganz aus der Nähe: lange Töne, langsam ansteigend und dann verstummend. Wie eine Traumvision trat sie zwischen den Bäumen hervor, angespannt und bereit, jederzeit zu flüchten. Ihr Fell war fast weiß mit einem leichten Perlschimmer. Nur über die Wangen und am oberen Ansatz ihres Schwanzes, dessen Spitze jetzt zaghaft wedelte, zog sich ein grauer Streifen. Sie hielt den Kopf hoch erhoben, die Augen auf den Schwarzen gerichtet. Dessen Begeisterung übertrug sich auf den ganzen Körper. Er machte ein paar tänzelnde Schritte auf die Wölfin zu und winselte aufmunternd. Die Weiße presste den Vorderkörper auf den Schnee, ihr Schwanz kreiste wie ein Propeller. Kurz darauf schnellte sie auf die Füße hoch und bellte kurz. Der Schwarze sprang neben sie und legte ihr die Vorderpfoten auf den Rücken. Spielerisch schnappte sie nach ihm und leckte dann seine Schnauze. Er knabberte liebevoll am Fell hinter ihren Ohren.

Nebeneinander rannten die beiden Wölfe durch das silberne Licht des kalten Morgens. Die Wölfin passte sich dem Schritt ihres Partners an. Wenn sich ihre Körper dabei berührten, sahen sie aus wie ein einziges Tier. Das Wasser des Flusses dampfte. Es gefror auf den Zweigen der Bäume und Sträucher und bedeckte alles mit einer hauchdünnen Schicht Eis, formte bizarre Skulpturen.

Der Schwarze hielt an und starrte in den Schnee. Dann neigte er den Kopf, als ob er etwas im Boden hörte. Seine Ohren zuckten, er verlegte das Schwergewicht auf die Hinterläufe, schaukelte leicht vor und zurück, sprang in die Luft und formte einen perfekten Bogen, bevor er mit dem Gesicht zuerst im tiefen Schnee landete. Nur noch die Hinterläufe und der Schwanz waren zu sehen. Als er aus der weißen Masse wieder auftauchte, hatten sich seine Zähne um eine fette Maus geschlossen. Er warf die Beute in die Luft und sprang hoch, um sie zu fangen. Dann biss er zweimal zu und schluckte sie im Ganzen hinunter. Die weiße Wölfin hatte alles beobachtet und ging zu ihm. Sie leckte ihm die Schnauze in der Hoffnung, so ein Stück des Preises abzubekommen, aber vergeblich. Enttäuscht setzte sie sich hin und beobachtete, wie der Schwarze erneut zum Mäusesprung ansetzte und dann wieder mit einem Happen auftauchte. Diesmal legte er ihn vor seine Liebste. Das Opfer versuchte zu entkommen, aber zu spät – die Gabe landete im Maul der Wölfin, nur das Ende des Mäuseschwanzes schaute noch hervor. Der Schwarze schaute zu, wie die Wölfin schluckte und die Beute endgültig in ihrem Magen verschwand.

Später saßen sie zusammen, und jeder heulte in eine andere Richtung, froh, nicht mehr allein zu sein.

Kapitel 6

»Hey, Großer!« Die Tür zum Büro des Forest Service wurde aufgestoßen, und Bridget stürmte herein.

»Brr, ist das eisig hier!« Sie schloss die Fenster und drehte die Heizung auf.

»Hallo, Bridget«, begrüßte Brian seine Kollegin. »Ich dachte, du bist im Urlaub.«

»Gleich. Bin schon auf dem Weg. Wollte dir nur noch was zu essen bringen.« Sie warf ihm einen Karton mit Donuts zu, den er geschickt auffing. Mit einem Seitenblick zur Kekspackung fügte sie hinzu: »Dachte ich's mir doch. Auf dich muss man immer aufpassen. Zu viel Süßes.« Sie zwinkerte ihm zu.

Ein Auto hupte.

»Ich muss los. Die anderen warten. Frohe Weihnachten!«

Mit einem flüchtigen Kuss auf Brians Wange verabschiedete sie sich von ihm und war schon wieder draußen.

»Danke und frohe Weih…« Brian brachte den Satz nicht mehr zu Ende. Die Tür war ins Schloss gefallen.

Schmunzelnd ging er in die Küche, die mit Aktenkartons, Pflanzen, Tierschädeln und beschrifteten Laborproben vollgestopft war. Er mochte seine quirlige Kollegin. Sie war wie eine kleine Schwester für ihn.

Aus dem Küchenschrank zog er einen Teller hervor und legte zwei Donuts mit Zuckerguss drauf, daneben eine Handvoll Kekse. Dann füllte er Wasser in die Kaffeemaschine und gab Kaffeepulver in den Filter. An Tagen wie diesem, wenn er ganz allein war, machte er gern ein kleines Ritual aus seinem Frühstück. Während der Kaffee gluckernd in die Warmhaltekanne lief, dachte er zurück an die Zeit vor sechs Jahren, als er und Natalie gemeinsam ihr tägliches Frühstücksritual zelebrierten.

Er hatte Natalie beim Studium in Missoula kennengelernt. Sie waren sich in der Biologie-Vorlesung über den Weg gelaufen. Brian fühlte sich von der attraktiven Blondine angezogen, hatte aber neben seinem Zweitstudium der Forstwissenschaften keine Zeit für einen Flirt. Danach verloren sie sich aus den Augen. Umso mehr freute er sich, als sich Natalie in Arizona als Biologin beim Wolfsprojekt vorstellte. Sie verstanden sich auf Anhieb und hatten sich viel zu erzählen. Oft saßen sie nach Feierabend zusammen und unterhielten sich bis spät in die Nacht. Brian schüttete ihr sein Herz aus und erzählte ihr, wie ihn sein Job frustrierte.

»Da machen wir uns die ganze Arbeit mit der Aufzucht der Wölfe und der Wiederansiedlung, und dann werden sie getötet. Und es geht immer weiter so und hört nicht auf«, sagte er.

»Du schaust diesem Wolf in die Augen, den du gleich aus seinem Akklimatisierungsgehege in die Freiheit entlassen wirst, und du weißt genau, dass er da draußen nicht lange überleben wird. Das ist doch völlig sinnlos.« Er seufzte.

»Es ist, als ob wir Gewehrfutter produzieren. Ich mach das nicht mehr lange mit.«

Natalie hörte ihm mitfühlend zu und bemühte sich, ihn aufzubauen. Sie hatte die Gabe, stets in allem etwas Positives zu sehen, und glaubte fest daran, die Rancher davon überzeugen zu können, mit den Wölfen zu leben. Wenn Brian gemeinsam mit ihr zu den Versammlungen der Viehzüchter ging, um für eine Akzeptanz der Wölfe zu plädieren, dann staunte er oft, wie mutig und entschlossen die kleine Person vor den wütenden Männern stand, die sie anschrien und mit den Fäusten bedrohten.

Eine völlig andere Natalie zeigte sich Brian im Umgang mit den Wölfen, die sie zu Forschungszwecken betäuben mussten. Sie tat ihren Job mit einer Zärtlichkeit, die ihn gleichzeitig erstaunte und faszinierte. Vorsichtig nahm sie ihnen Blut ab, so als ob sie Angst hätte, ihnen weh zu tun. Als sie beide einmal einem Wolf ein Radiohalsband umlegten, sah Natalie so unglücklich aus, dass Brian sie fragte:

»Was ist los?«

»Ich ertrage es nicht, diesen schönen Tieren ein Halsband umzulegen«, sagte sie. »Sieh dir das an! Das ist doch nicht normal – wilde Wölfe, die Halsbänder tragen.«

»Das ist ein bisschen paradox, meinst du nicht?«, fragte Brian. »Du magst die Halsbänder nicht, nutzt sie aber, wenn du die Wölfe finden willst. Das kannst du nur mit ihren Signalen.«

»Ich weiß«, sagte Natalie und seufzte. »Manchmal ist das Leben kompliziert.«

Einmal sah Brian, wie sich ihre Lippen bewegten, nachdem sie einem betäubten Wolf die Aufwachspritze gegeben hatte und zurücktrat, damit er in Ruhe zu sich kommen konnte.

»Was hast du zu dem Wolf gesagt?«, fragte Brian sie.

»Ich hab für ihn gebetet und ihm ein langes Leben gewünscht«, sagte Natalie schlicht. Das war der Augenblick, in dem er sie zum ersten Mal küsste.

Natalies Optimismus und ihre Lebensfreude waren ansteckend, und langsam entstand in Brian wieder die Hoffnung, dass doch noch alles gut werden würde. Sie verliebten sich ineinander und nahmen sich eine kleine Wohnung in Pinedale, in den Bergen von Arizona.

Tag und Nacht verbrachten sie zusammen und schmiedeten Pläne für eine gemeinsame Zukunft. Nie war Brian glücklicher gewesen.

Es war ein heißer, trockener Sommer. Auf den Schildern an den Straßenrändern, die vor Waldbrandgefahr warnten, wurden die Hinweiszeiger von »niedrig« auf »extrem!« gestellt. Jetzt reichte schon eine leichtsinnig weggeworfene Zigarette, um einen gefährlichen Flächenbrand auszulösen. In Arizona gab es jeden Sommer zahlreiche Waldbrände, die meisten entstanden durch Blitzschlag, andere durch nicht gelöschte Lagerfeuer.

Eines Morgens rief der Leitende Biologe seine Mitarbeiter zusammen.

»Hört mal alle her! Die Waldbrandgefahr in unserem Forschungsgebiet wurde hochgestuft. Wir müssen jetzt alle sehr aufpassen. Wenn ihr Touristen seht, informiert sie darüber. Wir arbeiten eng mit den Feuerwehren der Umgebung zusammen. Die Hauptregel lautet: Kleine Feuer werden brennen gelassen, die großen aber bekämpft«, sagte er. Sie alle wussten, dass Feuer für die Fortpflanzung der Bäume wichtig war. Denn nur bei sehr großer Hitze öffneten sich die Zapfen der Drehkiefern und gaben ihre Samen frei.

»Ich habe für jeden von euch ein Notfall-Kit hier, ohne das ihr nicht mehr unterwegs sein dürft, solange die Feuergefahr so hoch ist. Das ist jetzt überlebenswichtig für euch.« Der Biologe hob ein kleines silbernes Päckchen hoch und schwenkte es einmal heftig. Es entfaltete sich eine hauchdünne Hülle, die wie ein Schlafsack aussah.

»Das ist ein Feuerzelt. Solltet ihr einmal von einem Brand eingeschlossen werden, dann kriecht hier rein und schließt es komplett. Es ist feuerfest und lässt euch noch genügend Raum zum Atmen. Danach hilft nur noch beten«, sagte er mit ernster Stimme und warnte noch einmal: »Wenn ich jemanden ohne das Kit erwische, fliegt er raus.«

Brian und Natalie waren gerade damit beschäftigt, Kotproben von Wölfen für das Labor einzupacken, als über Funk ein Lagerfeuer gemeldet wurde. Offene Feuer waren verboten, und Natalie machte sich Sorgen um die Wölfin, die sie vor ein paar Tagen in diesem Gebiet freigelassen hatte.

»Mach du weiter«, sagte sie zu Brian. »Ich fahr mit Steve raus und schau mal nach.«

Mit einem »Bin bald wieder da« küsste sie Brian, schnappte sich das Notfall-Kit und den Koffer mit den Betäubungsmitteln und stieg zu ihrem Kollegen ins Auto. Das war das letzte Mal, dass er sie sah.

Später erfuhr er, dass das Feuer durch einen heftigen Wind angefacht worden und auf das trockene Unterholz übergesprungen war. Seine Freundin und ihr Kollege wurden davon eingeschlossen. Sie hatten keine

Zeit mehr gehabt, das Feuerzelt auszupacken. Auch Natalies Wagen fand man später ausgebrannt an der Stelle, wo sie von den Flammen überrascht worden waren. Einer der Feuerwehrleute brachte Brian ihren Metallkoffer mit der Betäubungsausrüstung. Dass er nur schwarz vor Ruß, der Inhalt aber vollständig unbeschädigt war, grenzte an ein Wunder.

Kurz darauf verließ Brian Arizona. Er kündigte Job und Wohnung, packte die wenigen Habseligkeiten, die er besaß, in seinen Pick-up und fuhr nach Norden. Aber vor seinen Erinnerungen konnte er nicht fliehen. Es dauerte lange, bis es nicht mehr schmerzte. Die Natur half ihm dabei. Mehrere Monate lang zog er sich in die Wildnis zurück, lebte in einem Zelt, angelte, jagte und schrie seine Verzweiflung und Wut auf das Schicksal in die ewig stillen und unbeeindruckten Wälder hinaus. Irgendwann ließ die Trauer nach, und Brian kehrte in die Zivilisation zurück. Er bewarb sich um einen Job beim Forest Service in Montana und bekam die Stelle als Ranger in West Yellowstone.

In dem kleinen Holzhaus am Fuße der Gallatin-Bergkette fühlte Brian sich wohl. Er lebte zurückgezogen und war gleichzeitig beliebt bei seinen Kollegen – besonders weil er gern und freiwillig den Dienst an »Familienfeiertagen« wie Weihnachten übernahm, so wie an diesem Tag. Niemand ahnte etwas von seinem geheimen Leben und dem Metallkoffer, der im eingebauten Wandschrank unter der Dachschräge versteckt war.

Kapitel 7

»Wir müssen reden.« Dan sah Lindsay ernst in die Augen.

»Ich weiß, das hast du schon gesagt. Also, was ist los?« Sie wurde langsam ungeduldig.

»Meine Eltern …«

»Oh, bevor ich es vergesse«, unterbrach Lindsay ihn. »Ich habe ein tolles Geschenk für sie. Das wird sie sicher freuen.« Sie bückte sich zur Tasche, um den Umschlag mit den Karten hervorzuziehen.

»Lindsay!« Dans eindringlicher Ton ließ sie aufhorchen. Sie setzte sich auf und blickte ihn erwartungsvoll an.

Dan ergriff erneut ihre Hände.

»Es tut mir leid.«

Sie sah ihn verständnislos an.

»Es tut mir sehr, sehr leid.« Irgendwie schien er sich ständig zu wiederholen.

Der Kellner trat an den Tisch, stellte den Martini vor Dan hin und zog sich diskret zurück.

Jetzt hatte Dan Lindsays volle Aufmerksamkeit.

»Was meinst du?«, fragte sie und entzog ihm ihre Hände.

»Ich muss dir etwas sagen …« Er stockte und schaute auf die Tischdecke.

»Du weißt, dass ich dich liebe«, fuhr er fort.

»Ich liebe dich auch«, antwortete sie langsam. Die Gespräche der anderen Restaurantbesucher erstarben wie hinter einer Wattewand. Irgendwas lief hier ganz falsch. Das war gar nicht wie in ihrem Traum.

»Wir werden Weihnachten nicht mit meinen Eltern verbringen.«

Lindsays Augen weiteten sich.

»Aber wo …?«

Dan sah sie an. Gott, hat dieser Mann blaue Augen, dachte Lindsay.

»Ich werde mich an Weihnachten verloben …«

Sie wartete. Warum hatte er sie nicht direkt gefragt?

»… mit Anne, einer Kollegin«, beendete Dan den Satz.

Mit … Anne? Was für eine Anne? Verlobung?

Die Worte rotierten in ihrem Kopf und schafften es nicht, bis zu ihrem Verstand vorzudringen.

Lindsay starrte ihn an und glaubte, sich verhört zu haben. Die Watte um sie herum hatte sich zu einem Tunnel verfestigt, von dessen anderem Ende aus Dans Gesicht auf sie zuraste. Die gletscherblauen Augen wichen ihr aus. In dem Bemühen, sich selbst irgendwie zu fangen und in die Realität zurückzuholen, grub sie die Fingernägel in ihre Oberschenkel.

Noch immer hatte sie kein Wort gesagt.

»Seit wann …?«, fragte sie schließlich und war selbst überrascht, wie beherrscht ihre Stimme klang. Sie versuchte, ihre Fassungslosigkeit unter Kontrolle zu bringen.

»Wir kennen uns schon länger. Unsere Eltern wünschen eine Verbindung. Es ist meine große Chance. Wir können die Kanzleien von Annes Eltern und meinem Vater zu einer Großkanzlei zusammenlegen.«

Als hätte er die Rede geübt, ratterte Dan eine Erklärung für diese Ungeheuerlichkeit herunter.

»Und … wir … ich …?«

»Es hat nichts mit dir zu tun und ist rein geschäftlich. Ich liebe dich. Daran ändert sich nichts«, beschwichtigte Dan. »Wir können uns ja immer noch sehen, und alles bleibt beim Alten.«

Die Worte trafen sie wie ein Faustschlag.

»Alles beim Alten?« Ihr Schmerz über die Demütigung verwandelte sich in Wut.

Weil die Bedienung zu ihnen trat, um die Bestellung aufzunehmen, entging Dan das Blitzen in Lindsays Augen.

»Jetzt nicht!« Sie winkte dem Kellner ab.

In diesem Augenblick klingelte Dans Handy, das neben dem Besteck lag. Das Display zeigte das Gesicht einer jungen, hübschen Frau. Dan zuckte zusammen und griff nach dem Telefon. Er drehte sich leicht zur Seite und nahm das Gespräch an.

»Im Moment ist es ganz schlecht. Ich ruf dich später zurück«, sprach er mit gesenkter Stimme und legte auf. Lindsay starrte vom Telefon zu Dan, der mit hochrotem Gesicht vermied, ihr in die Augen zu schauen.

Die Geräusche im Lokal waren merklich leiser geworden. Lindsay warf einen Blick in die Runde. Den anderen Restaurantbesuchern schien nicht entgangen zu sein, dass sich zwischen dem attraktiven Paar am Kamintisch ein Drama anbahnte.

Das Handy klingelte erneut. In diesem Augenblick kehrte Lindsay in die Realität zurück. All ihre Instinkte waren hellwach. Bevor Dan das Gespräch wegdrücken konnte, griff sie nach dem Telefon, sah das Foto auf dem Display – und ließ Anne in Dans Wasserglas gleiten. Ruhig schob sie den Stuhl zurück, während er entsetzt auf sein versunkenes Handy starrte. Ohne ein Wort faltete Lindsay sorgfältig ihre Damast-Serviette zusammen und legt sie auf den Teller. Mit drei Fingern fasste sie das Martini-Glas am Stil an, zog den Holzspieß mit den drei Oliven heraus und legte ihn auf die Serviette. Dann schüttete sie Dan den Cocktail ins Gesicht, drehte sich um und ging.

Es war mucksmäuschenstill im Raum. Die Gespräche waren schlagartig verstummt, alle Augen ruhten auf Lindsay – die der Frauen eher belustigt (»Geschieht ihm recht!«), während die Männer sich offenbar unwohl fühlten und an ihren Jackenrevers nestelten oder ihre Stühle hin und her schoben.

Roberto hatte die Situation beobachtet. Zu viele Abschiede hatte er schon in seinem Lokal erlebt. Er stand an der Tür mit ihrer Jacke bereit und winkte eines der vor dem Lokal wartenden Taxis herbei.

»Vergessen Sie den Kerl, Signorina«, raunte er Lindsay zu und half ihr in die Jacke. »Sie haben etwas Besseres verdient als diesen Casanova.«

Mit einem aufmunternden Zwinkern hielt er ihr die Autotür auf und reichte ihr ein Taschentuch, während ihre Tränen zu fließen begannen.

Wie durch Nebel ließ sich Lindsay nach Hause fahren. Nachdem sie die Wohnungstür hinter sich geschlossen und die beiden Sicherheitsriegel vorgeschoben hatte, rutschte sie langsam an der Wand herunter und brach in ein nicht enden wollendes Schluchzen aus.

Kapitel 8

Der Schwarze und seine Gefährtin hatten begonnen, ihr neues Revier zu erkunden und abzustecken. Intensiv schnüffelten sie im Schnee nach den Spuren anderer Wölfe und setzten mit einem kräftigen Urinstrahl eigene Markierungen. Das war eine Warnung für Eindringlinge, draußen zu bleiben. Mühelos bewegten sich die beiden Wölfe über den Schnee. Ihre großen, behaarten Pfoten verhinderten, dass sie einsanken, und ihre Ausdauer ermöglichte es ihnen, weite Strecken zu laufen.

Die beiden Wölfe hatten Hunger. Lange konnten sie sich nicht mehr von Mäusen und den Knochen alter Kadaver ernähren. Das harte Leben im Winter kostete mehr Energie, als sie durch diese Appetithappen aufnahmen. Plötzlich nahmen sie eine vertraute Witterung auf. Hirsche! Die Wölfe pressten sich in den Schnee, während sie beobachteten, wie die Hirsche nach und nach aus dem Schutz der Bäume traten. Mit ihren Hufen scharrten sie den Schnee fort, um an das nahrhafte Grün darunter zu gelangen. Sie waren zu beschäftigt, um die Wölfe wahrzunehmen.

Der Schwarze wusste, dass es nicht einfach werden würde, eines der Tiere zu töten. Wapitihirsche waren nicht leicht zu erlegen – für einen einzelnen Wolf war es so gut wie unmöglich. Die Hirschkühe flüchteten im Allgemeinen ins Wasser, wo sie mit ihren langen Beinen einen besseren Stand hatten als ihre Angreifer, und die Bullen stellten sich ihnen entgegen. Der Schwarze hatte einst miterleben müssen, wie eines seiner Familienmitglieder starb, als es von einem Hirschbullen mit dem Geweih in die Luft geschleudert wurde. Jetzt aber waren sie zu zweit und ihre Chancen viel besser.

Um herauszufinden, ob seine potenziellen Beutetiere eine Schwäche hatten, die er zu seinem Vorteil ausnutzen konnte, musste der Wolf sie in Bewegung bringen. Ein kurzer Blick zu seiner Gefährtin, und gemeinsam erhoben sie sich aus der Deckung. Als die Hirsche sie wahrnahmen, war es zu spät, um zu fliehen. Sie drängten sich eng zusammen, um in der Gruppe Schutz zu suchen, und stießen dabei gegeneinander. Eine große Hirschkuh trat heftig mit den Vorderläufen auf und blies zur Warnung an die Angreifer Luft aus der Nase. Sie ging mehrere Schritte auf die Wölfe zu und stampfte erneut auf. Wie auf ein geheimes Signal hin starteten die Wölfe den Angriff. Sie teilten sich auf. Mit hocherhobenem Schwanz lief der Schwarze direkt auf die kleine Herde zu und trieb sie vor sich her. Zwei Hirsche blieben stehen und brachten ihn dazu, kurz abzubremsen. Er wusste, dass ein gesunder Hirsch ihn mit seinen scharfen Hufen töten konnte, und folgte der kleineren Gruppe. Dabei achtete er auf jeden Hinweis von Schwäche, lauschte auf ihren Atem, beobachtete ihren Schritt, achtete auf ein mögliches Humpeln. Er schnupperte die Luft nach einem Zeichen, das auf Krankheiten deutete. Schließlich folgte er einer alten Hirschkuh. Ihr Atem klang rasselnd, und ihre Zunge hing heraus. Sie blökte vor Angst und hielt ihren Kopf tief vor Erschöpfung. Hier konnte er es wagen.

Als die Hirschkuh vor ihnen stolperte, holten die beiden Wölfe auf. Der Schwarze biss sie in den Hinterlauf. Sie trat nach ihm und traf ihn in die Seite. Er jaulte kurz, rollte im Schnee und rappelte sich wieder auf. Unterdessen blieb die Wölfin an der Beute dran und biss die Hirschkuh in die Flanke. Die drehte sich, so dass ihre Angreiferin den Biss lockern musste. Jetzt war der Schwarze wieder da. Während sein Opfer langsamer wurde, sprang er ihm an den Hals, die Wölfin biss es erneut in die Seite. Als ihrer Beute die Vorderläufe einknickten, wussten sie, dass die Zeiten des Hungers vorbei waren.

Satt und müde schliefen die erfolgreichen Jäger schließlich neben dem Kadaver ein. Als sie wach wurden, stand die Sonne bereits hoch am Himmel. Sie standen auf und schüttelten sich den Schnee aus dem dichten Fell, rieben die Schnauzen aneinander und leckten sich gegenseitig. Die Raben, die sich inzwischen auf den Resten der Beute niedergelassen hatten, flatterten auf. Ein Fuchs schoss hoch und suchte das Weite.

Die weiße Wölfin streckte sich ausgiebig und trottete zum Wald, wo sie hinter einen Vorhang von Kiefernstämmen glitt, deren Äste sich unter ihrer Schneelast bogen. Der Schwarze blieb unschlüssig stehen, hin- und hergerissen zwischen dem Verlangen, seiner Gefährtin zu folgen, und dem Widerwillen, den Rest der hart erkämpften Beute zurückzulassen. Schließlich schnappte er sich einen abseits liegenden Hinterlauf der Hirschkuh und folgte damit der Wölfin in den Wald.

Plötzlich blieb der Wolf stehen, ein unbestimmtes Gefühl warnte ihn. Eine Erinnerung, ein Geruch. Das

Hirschbein glitt in den Schnee. Die Nackenhaare des Schwarzen stellten sich auf. Er wollte die Wölfin warnen, die unbekümmert vor ihm lief, aber es war zu spät.

Einem kaum vernehmbaren metallischen Klicken folgten ein lautes Krachen und der Aufschrei seiner Gefährtin. Hilflos musste der Wolf zusehen, wie sie in dem verzweifelten Versuch zu entkommen hochsprang, doch etwas riss sie wieder brutal nach unten. Ihr Vorderlauf steckte in einer Umklammerung aus Stahl fest, deren Zähne sich tief in ihr Fleisch gegraben hatten. Die Wölfin sprang erneut auf und versuchte davonzurennen. Sie zog die schwere Falle hinter sich her, bis sich der Anker am Ende der Kette in einer Wurzel verfing und stecken blieb. Mit schreckensweiten Augen wimmerte die Wölfin vor Schmerz. Der Schwarze wusste nicht, was er tun sollte. Verzweifelt biss er in die Falle, aber seine Zähne krachten auf Stahl. Er zog an der Kette, die sich nicht mehr rührte. Schließlich leckte er seiner Gefährtin das Blut vom Bein und legte sich dicht neben sie, so dass sich ihre Köpfe fast berührten. Es war still, der Wald war verstummt. Nur die Kette klirrte, wenn die Wölfin ihr Bein bewegte.

Kapitel 9

Als Lindsay aufwachte, war es noch dunkel. Sie wusste nicht, welches Gefühl sie vorrangig beherrschte – Wut oder Trauer. Sie entschied sich für die Wut, die würde zumindest vorerst den Schmerz überdecken. Sie war gestern in ihren Kleidern eingeschlafen und ging ins Bad. Schrecklich sah sie aus: aufgequollene Augen, verschmierte Wimperntusche und rote Flecken im Gesicht. Hinzu kam ein dumpfer, pochender Kopfschmerz, der jede Bewegung zur Qual machte.

Lange stand sie unter der Dusche und ließ sich heißes Wasser über den Kopf laufen. Aber kein Wasser dieser Welt konnte die Enttäuschung und Demütigung abwaschen, die sie gestern erfahren hatte. Ungeschminkt und mit nassen Haaren schlüpfte sie in Jeans und Pullover. Auf dem Handy blinkten zahlreiche Mitteilungen – alle von Dan. Sie löschte sie ungelesen. Sie wollte nicht mit ihm sprechen.

Die Sicherheitsfirma, die sie anrief, erklärte ihr, wie sie den Code an der Alarmanlage ändern musste. Nun war Dan wirklich ausgesperrt und konnte nicht mehr herein. Wenn er es tatsächlich wagen sollte, während ihrer Abwesenheit die Wohnung zu betreten, würde er nach der Eingabe des alten Codes in kürzester Zeit Besuch von den Wachleuten bekommen.

Sie drückte den Knopf der Espressomaschine und sah reglos zu, wie die pechschwarze Flüssigkeit in die Tasse rann. Dann setzte sie sich an den kleinen Esstisch. New York erwachte an diesem Samstag langsamer als an den anderen Wochentagen. In ihrem Tagebuch, das im Schein der Lampe auf dem Tisch lag, schrieb Lindsay auf, was geschehen war. Die täglichen Eintragungen hatten ihr schon oft geholfen, schmerzhafte Erlebnisse zu verarbeiten. Hier konnte sie ihren Gedanken und Gefühlen freien Lauf lassen – und den Tränen. Eine Stunde später, als die Sonne heraufkroch und über den Gebäudetürmen Manhattans sichtbar wurde, hatte sie mehrere Seiten gefüllt, ein Päckchen Taschentücher durchnässt und zwei Espresso getrunken. Jetzt fühlte sie sich leer, aber auch irgendwie befreit. Das Haus erwachte mit den üblichen Geräuschen von laufendem Wasser und der fernen Stimme eines Fernsehnachrichtensprechers. Lindsay drehte das Radio auf und stellte einen Klassiksender ein. Aus einer Schublade ihres Schreibtischs holte sie einen Notizblock hervor und notierte, was sie heute tun wollte. Ganz oben auf die Liste schrieb sie: WEG!!! Nur ja nicht wieder Dan begegnen oder mit ihm sprechen. Sie ahnte, dass er nicht aufgeben würde. Er hatte ihr einmal erzählt, dass immer er es gewesen sei, der eine Beziehung beendet habe, nie umgekehrt. Lindsay war klar, dass er nicht zulassen würde, dass sie aus seinem Leben verschwand.

In der Nacht, als sie zwischen unruhigen Träumen wach lag, hatte sie sich in Gedanken einen Plan zurechtgelegt. Im Herbst hatte sie für den Chronicle einen Artikel geschrieben über Wildniscabins in den USA. Der U.S. Forest Service vermietete leerstehende Rangerhütten in Nationalparks und Wildnisgebieten. Sie erinnerte sich daran, dass ihre Eltern oft ein Wochenende in einer solchen Hütte mit ihr verbracht hatten, wenn sie zum Angeln gefahren waren. Die rustikalen Blockhäuser lagen meist völlig isoliert und besaßen keine Satellitenverbindung. Das war jetzt genau das Richtige für sie. Sie schaltete ihren Laptop ein und suchte die Datei mit dem Artikel. Dort hatte sie sämtliche Kontaktdaten hinterlegt. Dann durchforstete sie die Adressen und Webseiten nach einem geeigneten Rückzugsort. Auf der Webseite des U.S. Forest Service erfuhr sie, dass wenige Hütten auch im Winter vermietet wurden, und nur vier davon waren während der Weihnachtsfeiertage frei. Eine davon war eine Hütte in Montana. Die Beschreibung lautete:

Beaver Creek Cabin, südlich von Bozeman, nahe West Yellowstone. Nur mit dem Schneemobil erreichbar. Erbaut um 1900. Ofen, Bett, Matratze, Tisch, Stuhl. Kein Strom oder Wasser. Sehr rustikal.

Sofort rief sie die angegebene Nummer an. Tom Matthews vom Forest Service meldete sich. Er bestätigte, dass die Cabin frei sei. Als er hörte, dass sie aus New York käme, riet er ihr, sehr warme Kleidung mitzubringen.

»Es ist kalt und hat viel geschneit. Und es gibt weder Internet noch Handy-Empfang«, warnte er. Strom gebe es, jedoch nur für wenige Stunden am Tag. »Nur wenn die Sonne scheint. Wir haben ein paar Solarzellen auf dem Dach.«

Lindsay bedankte sich überschwänglich und reservierte die Hütte für zehn Tage. Das sollte ihr genügend Zeit geben, um über alles nachzudenken.

»Fliegen Sie bis Bozeman. Ich kann Sie dort abholen lassen«, schlug der Mann am anderen Ende der Leitung vor. »Mit dem Mietwagen kommen Sie nicht weit.«

Auf der Internetseite von United Airlines buchte sie für den nächsten Tag einen Flug von New York über Denver nach Bozeman. In zwei Tagen war Weihnachten, entsprechend begehrt und teuer waren die Flüge. Aber Lindsay gelang es, einen der letzten Plätze an Bord zu erwischen, wenngleich auch zu einem Wahnsinnspreis. Als sie zur Bezahlung die Nummer ihrer Kreditkarte eintippte, wurde ihr mit Schrecken bewusst, dass sie sich die Wohnung in Cobble Hill ohne Dan nicht mehr würde leisten können. Mit einem verdammten Abendessen hatte sich ihr ganzes Leben verändert. Aber jetzt gab es Wichtigeres. Sie hatte später in Montana noch genug Zeit, darüber nachzudenken, wie es weitergehen sollte.

In der Redaktion des Chronicle verband man sie mit ihrem Chef.

»Hi, Bill.«

»Hallo, Lindsay. Was hast du Schönes für mich?« Bill kannte Lindsays Spürnäschen für ungewöhnliche Geschichten.

Lindsay stöhnte in Gedanken auf und wappnete sich für das unangenehme Gespräch, das unweigerlich folgen würde. Sie musste ihrem Chef mitteilen, dass sie jetzt, mitten in der Urlaubszeit, nicht arbeiten konnte. Damit konnte sie ihre Hoffnung auf eine Festanstellung begraben. Sie wusste, dass Bill sie als freie Mitarbeiterin sehr schätzte und dass er sich bemühte, ihr einen Platz im Redaktionsteam zu verschaffen. Nur das Budget der

Zeitung hatte das bisher verhindert. Lindsay fürchtete allerdings auch, dass der Chronicle bald ein Opfer des großen Zeitungssterbens werden würde. Schon jetzt waren die Abonnentenzahlen drastisch zurückgegangen, weil die Leser die aktuellen Meldungen lieber online lasen. Die Zeiten hatten sich geändert.

»Ich habe schlechte Nachrichten«, pirschte sich Lindsay vor. »Ich brauche ab sofort eine Auszeit.« Sie hielt den Atem an.

»Auszeit? Jetzt? Du bist meine beste Reporterin, und ich habe nur eine Minimalbesetzung in der Weihnachtszeit«, polterte der Ressortchef los. »Wie stellst du dir das vor? Das geht auf keinen Fall. Hier gehen alle auf dem Zahnfleisch. Wie soll ich denn das Blatt vollkriegen, wenn du auch noch ausfällst? Was soll ich denn den anderen sagen, die auch mal ein paar Stunden mit ihren Familien verbringen möchten?«

Lindsay wurde wütend. Verdammt. Immer war sie für Bill da gewesen, wenn Not am Mann war. Oft war sie eingesprungen und hatte Reportagen übernommen, wenn jemand ausgefallen war – noch dazu für wenig Geld. Diesmal würde sie sich nicht herumschubsen lassen. Sie war eine freie Mitarbeiterin – und konnte kommen und gehen, wann und wie sie wollte. Wenn es ihm nicht passte und er sie rausschmiss – fein! Ihr war alles egal. Sie wollte weg, und der Fluchtinstinkt war stärker als jedes rationale Handeln.

»Tut mir leid, Bill«, sagte Lindsay mit fester Stimme. »Es ist ein Notfall. Du wirst ohne mich auskommen müssen.«

»Ich verstehe dich nicht. Und ich hab dich immer für zuverlässig gehalten.« Ihr Chef klang enttäuscht.

»Tut mir wirklich sehr leid«, wiederholte sich Lindsay. »Und übrigens – ich werde in den nächsten zwei Wochen nicht erreichbar sein«, fügte sie hinzu und legte auf.

Jetzt erst merkte sie, wie ihre Knie zitterten. Sie legte den Kopf auf die Arme und schluchzte. Sie hatte alles verloren: Mann, Wohnung und nun vermutlich auch noch den Job. Lindsay ließ ihrem Selbstmitleid freien Lauf.

Ein Piepsen brachte sie zurück in die Realität. Sie schluchzte noch einmal tief auf und zog unfein die Nase hoch. Das Display ihres Handys zeigte acht neue Nachrichten von Dan und zwei von Bill. Sie löschte alle ungehört und ungelesen und schaltete das Telefon aus. Sie wollte niemanden sprechen oder sehen. Noch einmal kontrollierte sie die Schlösser der beiden Sicherheitsriegel.

Ewig würde sie diesen Mistkerl nicht aussperren können, das wusste sie. Wenn sie aus Montana zurück war, würde sie sich eine neue Wohnung suchen oder am besten gleich aus New York fortziehen. Bei dem Gedanken musste sie zum ersten Mal wieder lächeln. Vielleicht war das gar keine so schlechte Idee.

Entschlossen ging sie ins Schlafzimmer und zog ihren Rollkoffer unter dem Bett hervor. Skiunterwäsche, Fleecepullover, Thermohosen, einen Flanellschlafanzug. Die New Yorker Winter brachten öfter Eis und Schnee, darum war sie gut ausgerüstet. Die Sorel-Winterstiefel, die sie für einen Skiurlaub mit Dan gekauft hatte und die bisher unbenutzt im Schrank gestanden hatten, flogen nun in den Koffer. Jetzt war die Gelegenheit, sie auszuprobieren. Zahnbürste, Zahnpasta, Shampoo und eine Gesichtscreme, mehr würde sie nicht brauchen. Ohne Strom war auch ein Föhn nutzlos. Und überhaupt – sie hatte nicht die Absicht, sich in der Wildnis aufzubrezeln. Es würde sie eh keiner sehen. Sie wollte nur ihre Ruhe haben. Um das erneut aufsteigende Schluchzen zu unterdrücken, kontrollierte sie noch einmal den Akkuzustand ihres Laptops. Er würde eine Weile ausreichen, jedoch nicht für ewig. Sie packte ihr aktuelles Tagebuch ein und ein paar leere Notizbücher, Kulis und Bleistifte.

»Man weiß nie«, hatte sie Dan erklärt, der sich einmal über ihre schwere Handtasche lustig gemacht hatte. »Ich habe immer mein Tagebuch dabei. Sollte ich entführt werden oder in einem Schneesturm stecken bleiben, dann kann ich meine Erlebnisse aufschreiben und vielleicht als Bestseller verkaufen.«

»Dan!«, schnaubte Lindsay wütend. Kurz entschlossen packte sie zusätzlich die beiden vorherigen Tagebücher in den Koffer. Vielleicht würden sie ihr helfen zu verstehen, was geschehen war. Obenauf legte sie das Manuskript ihres neuen Buches, das sie vorgestern noch ausgedruckt hatte für den Fall, dass sie doch einmal Zeit haben würde, es zu überarbeiten. Die war nun schneller gekommen, als sie es sich gewünscht hatte.

Spontan zog sie sich ihren Wintermantel an, schnappte sich die Handtasche und fuhr mit der U-Bahn nach Queens zu ihrer alten Wohnung. Sie brauchte jetzt den Beistand von guten Freunden.

Als Louis und André die Tür öffneten, fiel sie ihnen weinend in die Arme. Die beiden Männer schauten sich an und nickten stumm, als ob sie den Besuch erwartet hätten, und führten sie in die Küche. Während André ihr den Mantel abnahm, sie auf einen Stuhl drückte und eine Schachtel Kleenex vor sie hinstellte, stieg ihr ein vertrauter Duft in die Nase. Louis bereitete seinen »Beruhigungstee« für sie vor, der ihr bisher noch bei jedem Notfall geholfen hatte. In eine Glaskanne füllte er Kamillenblüten, Melisse, Minze, Brombeerblätter, Himbeerblätter und Ringelblumenblüten und goss heißes Wasser darüber. Als der Tee lange genug gezogen hatte, schenkte er Lindsay eine große Tasse ein und stellte einen Teller mit Schokoladenplätzchen dazu. Dann setzten sich die beiden Freunde zu ihr an den Tisch und warteten, bis die Tränen ihrer ehemaligen Mitbewohnerin versiegt waren und Lindsay zu erzählen begann.

Kapitel 10

Brian stellte seinen Kaffeebecher auf den letzten freien Fleck auf der Schreibtischplatte und den Teller mit dem Gebäck auf einen braunen Aktenordner.

»Na, dann wollen wir mal«, seufzte er zufrieden und wollte gerade in den ersten Donut beißen, als das Telefon klingelte. Verärgert legte er ihn zurück, wischte sich die Zuckerfinger an der Hose ab und suchte unter den Papierstapeln nach dem Gerät. Schließlich schnappte er sich die Telefonschnür und zog daran, bis hinter einer Bücherkiste der Apparat auftauchte.

»Verdammt, könnt ihr nicht mal ordentliche schnurlose Telefone in euren Büros aufstellen«, schimpfte er mit dem eingerahmten Foto von Präsident Obama an der Wand. Unbeeindruckt blickte der US-Präsident ihn an.

»Hallo«, knurrte Brian unwirsch in den Hörer.

»Hey, sachte. Wer wird denn an Weihnachten so schlechte Laune haben?« Sein Chef lachte. »Alles okay bei Ihnen?«

»Klar, ich wollte nur ein wenig Bürokram aufarbeiten. Komme ja sonst nicht dazu.«

»Dann beeilen Sie sich. Morgen werden Sie keine Zeit mehr haben«, sagte Tom. »Sie müssen jemanden in Bozeman abholen.«

Brian verdrehte die Augen und war froh, dass er mit seinem Chef nicht skypte.

»Eine New Yorker Journalistin hat kurzfristig über die Feiertage die Beaver Creek Cabin gemietet. Ich habe ihr versprochen, dass Sie sie am Flughafen treffen und zur Hütte bringen werden.«

Auch das noch. Eine New Yorkerin. Und noch dazu eine Journalistin. Die machte doch nur Ärger und erwartete bestimmt jede Menge Luxus.

Als ob er seine Gedanken gehört hätte, fuhr sein Chef fort. »Keine Sorge, sie weiß, was auf sie zukommt. Ich hab ihr die Cabin beschrieben. Anscheinend ist es genau das, was sie will. Typisch New Yorker – spontan und durchgeknallt. Bei denen weiß man nie … Sie kommt mittags an. Ich maile Ihnen noch die Flugnummer und Ankunftszeit. Und Brian – fahren Sie doch vorher noch mal kurz hin, und schauen Sie nach dem Rechten. Wir wollen ja nicht, dass sie irgendwann einen schlechten Artikel über unsere Cabin schreibt.«

»Okay, Boss.« Brian stöhnte.

»Sie machen das schon«, beruhigte ihn Tom. »Ich muss los. Mein Flieger nach Miami wartet nicht.«

»Viel Spaß in der Sonne«, antwortete Brian. »Und frohe Weihnachten.« Tom hatte bereits aufgelegt. Er versuchte seit zwei Jahren vergeblich, in den Süden versetzt zu werden. Er hasste die Kälte in Montana. Und so nutzte er jede Gelegenheit, mit seiner Frau nach Florida, Kalifornien oder Hawaii in den Urlaub zu fliegen. Brian hatte das nie verstanden. Er liebte die Berge, das weite Land und besonders die Winter hier.

Das Dröhnen von Motorschlitten drang durch das Fenster. Die ersten Touristen waren auf dem Weg in den Park. Wieder einmal war Brian froh, dass er nicht beim Nationalpark Service arbeitete. Als Junggeselle hätte er vermutlich heute Dienst und müsste in einem der vier Zufahrthäuschen zum Park sitzen und die Genehmigungen der Touristen kontrollieren. Zwar war der westliche Teil des Parks in dieser Jahreszeit für den Autoverkehr geschlossen, aber nicht für Schneemobile und Kettenvans. Und so lag auch heute Morgen schon eine große blaue Feiertags-Dieselwolke über den Eingängen. Er bedauerte seine Kollegen, die an Tagen wie diesem manchmal sogar Gasmasken tragen mussten, damit sie von den Abgasen nicht krank wurden. Verrückt! In einem Nationalpark! Brian schüttelte den Kopf.

Er lehnte sich in seinem Stuhl zurück, legte die Füße auf den Tisch, stellte im Radio die Frühnachrichten an und griff erneut nach dem Donut. Während er frühstückte, machte er sich im Kopf Notizen, was er noch mit zur Cabin nehmen musste, damit es die feine Dame aus New York bequem hatte. Sie hatte keine Ahnung, was für ein Glück sie hatte! Normalerweise waren die Hütten vom Forest Service zu Weihnachten lange im Voraus ausgebucht, so auch die Beaver Creek Cabin. Ein junges Pärchen hatte zwei Wochen bleiben wollen. Sie waren mit dem Schneemobil hochgefahren und hatten reichlich Proviant mitgebracht. Dann aber wurde Brian angerufen und musste ihnen die Nachricht überbringen, dass die Mutter der jungen Frau einen Unfall hatte und im Krankenhaus lag. Als das Paar daraufhin überstürzt abreiste, ließ es die Lebensmittel in der Kühlbox zurück. »Für den Nachmieter« hatten sie auf einen Zettel geschrieben und danebengelegt. So würde die New Yorkerin in den Genuss feiner Delikatessen kommen. Hoffentlich dachte sie nicht, dass das zum normalen Service gehörte.

Brian stand auf, trug den leeren Teller in die Küche, goss sich einen frischen Kaffee ein und machte sich seufzend an die Aktenberge und die Zahlen für die Statistik, die er eingeben musste.

Die Sonne hatte den höchsten Punkt überschritten und schien auf die deutlich reduzierten Aktenstapel, als Brian die Arbeit beendete und aufstand. Er streckte seine Glieder. Es wurde Zeit, zur Hütte zu fahren. Eigentlich sollte dort alles in Ordnung sein, aber er wollte sichergehen.

Einem Impuls folgend, stoppte er mit dem Pick-up vor einem Souvenirladen und kaufte einen kleinen, künstlichen Weihnachtsbaum, auf dessen Holzständer »Montana« eingraviert war. Batterien sorgten für blinkende Minilichter. Total kitschig, fand er, aber vielleicht freute sich sein Gast aus der Großstadt darüber. Er wusste weder, wie die Frau aussah, die er morgen abholen sollte, noch warum sie gerade zur Weihnachtszeit in eine Hütte in der Wildnis ziehen wollte. Anscheinend hatte sie niemanden, mit dem sie die Feiertage verbringen konnte. Brian war skeptisch. Er mochte keine Journalisten. Die schnüffelten überall herum und stellten zu viele Fragen. Vor ein paar Jahren hatte ihn eine Reporterin von einem Umweltmagazin interviewt, und er hatte seinem Frust auf die Regierung, die schlechte Bezahlung und die zu laschen Bestrafungen für Wilderer Luft gemacht. Sie hatte alles wortwörtlich so veröffentlicht, und Brian musste anschließend mehrere Wochen lang Innendienst schieben. Allen Rangern wurde per

Rundschreiben verboten, künftig mit irgendwelchen Reportern zu sprechen. Stattdessen sollten sie sie an die Pressestelle verweisen.

Wenn also das Fräulein Journalistin nur kam, um ihn auszuquetschen, dann hatte sie schlechte Karten. Aber vielleicht war das nicht der Grund ihres Besuchs. Vermutlich wollte sie nur ihre Ruhe, oder sie flüchtete vor etwas oder jemandem. Kein normaler Mensch verbrachte Weihnachten allein in einer einsamen Hütte in Montana – außer vielleicht er selbst.

Brian hörte auf, alle möglichen Szenarien im Kopf durchzuspielen. Er fuhr zum Schneemobil-Parkplatz und stieg auf seinen Motorschlitten um, der das grüne Wappen des Forest Service trug. Für die sieben Meilen zur Cabin brauchte er eine halbe Stunde. Der Weg führte steil durch den Wald, kurvte um einen Hügel herum und verlief auf dem letzten Stück flach. Die Bäume gaben den Weg frei auf eine Lichtung, an deren hinterem Ende ein niedriges Blockhaus stand. Auf dem schrägen Dach waren vier Solarzellen befestigt. Über der Hütte erhoben sich dramatisch die Gipfel der Gallatin-Berge.

Brian schaltete den Motorschlitten aus und stieg ab. Mit dem Besen, der vor der Tür stand, fegte er den frisch gefallenen Schnee vor dem Eingang zur Seite. Das Innere war – entgegen seiner Erwartungen – noch nicht vollständig ausgekühlt, vermutlich dank der Restwärme vom Holzfeuer der Vormieter. Alles schien in Ordnung, stellte er befriedigt fest. Das junge Paar hatte keine Gelegenheit gehabt, sich weiter häuslich einzurichten. Die Decke lag unberührt auf dem einfachen Bett.

Er nahm die Asche aus dem Ofen und bereitete ihn für den Gast vor. Einer Kiste mit Zunder entnahm er Holzspäne und getrocknete Birkenrinde und schichtete sie im Ofen auf. Ein paar kleine Zweige und schmale Holzscheite, die er in Pyramidenform darüberstellte, vollendeten die Konstruktion. Auf den Tisch legte er ein Feuerzeug und sicherheitshalber noch eine Packung Streichhölzer. Wahrscheinlich würde er der New Yorkerin erst einmal beibringen müssen, wie man ein ordentliches Feuer anzündet. Neben dem Ofen stapelte er zusätzliches trockenes Holz auf und kontrollierte anschließend im Schuppen, ob noch genügend Brennmaterial vorhanden war. Alles war vorbereitet. Auch die Kühlbox mit den Lebensmitteln war sicher im Lagerschuppen untergebracht. Zwar lagen die Bären um diese Zeit normalerweise in ihrer Winterruhe, aber es kam auch schon mal vor, dass ein Grizzly wach wurde. Der vergangene Winter war extrem mild und die Wölfe bei der Jagd in der Nähe der Hütte erfolgreich gewesen. Die Wärme und das viele Fleisch hatten einen jungen Bären aus dem Schlaf geweckt. Er hatte sich satt gefressen und im Lagerraum nach weiteren Vorräten gesucht. Als er nichts fand, war er in seine Höhle zurückgekehrt und hatte den Winterschlaf fortgesetzt. Zum Glück waren zu dieser Zeit keine Gäste in der Cabin gewesen. Das sollte in diesem Winter nicht wieder passieren. Die Ranger hatten die Tür zum Lager verstärkt und ein neues Schloss angebracht. Die Vorräte waren somit in Sicherheit. Aber Brian wusste auch, dass die Wildnis immer wieder Überraschungen bereithielt. Darum war es besser vorzubeugen, als es später zu bereuen. Zuletzt stellte er den kleinen Weihnachtsbaum auf den Tisch.

Zufrieden ließ er noch einmal den Blick über das Innere der Cabin gleiten und zog dann die Tür hinter sich zu.

Auf dem kürzesten Weg fuhr er quer durch den Wald zurück zum Parkplatz, wo er seinen Pick-up abgestellt hatte. Dabei entdeckte er vereinzelte Schneemobilspuren; es waren nicht seine. Brian schnürte es das Herz ab. Jäger! Seit Montana die Wölfe von der Artenschutzliste gestrichen hatte, tauchten die »Wolfer«, wie man die Wolfsjäger nannte, immer wieder in »seinem« Wald auf und erschossen die Tiere oder ließen sie elendig in Fallen verrecken. Und er als Ranger musste machtlos zusehen, er konnte und durfte nichts tun. Das hatte Tom ihm sehr deutlich gemacht, als Brian vor ein paar Monaten wütend in sein Büro gestürmt war und ihm einen toten Wolf auf den Schreibtisch geworfen hatte. Tom war mit hochrotem Kopf aufgesprungen.

»Die Jagd ist legal, Brian«, hatte er ihn angeschrien. »Wenn es Ihnen nicht passt, dann ändern Sie die Gesetze.« Er deutete auf den Wolf, dessen Blut sich auf der polierten Schreibtischplatte ausbreitete. »Noch so 'n Ding, und Sie fliegen raus!«

Wütend hatte Brian das Büro verlassen und sich geschworen, etwas gegen das sinnlose Töten zu tun. So hatte sein neues, geheimes Leben begonnen.

Kapitel 11

Lindsay wachte mit gemischten Gefühlen auf, als der Wecker am nächsten Morgen um fünf Uhr klingelte. Sie hatte schlecht geschlafen und von Dan und Anne geträumt, wie sie zum Traualtar schritten. Ihr Kopfkissen war nass von den Tränen, die sie in der Nacht geweint hatte. Gleichzeitig spürte sie so etwas wie einen Hauch Abenteuerlust. Heute würde sie nach Montana fliegen, in die Wildnis. Sie hatte keine Ahnung, was auf sie zukam, aber es war ein Neuanfang. Das allein reichte schon aus, damit es ein guter Tag werden würde. Der Besuch bei Louis und André gestern war eine große Hilfe gewesen. Die beiden hatten ihr versichert, dass sie jederzeit wieder bei ihnen einziehen könne. Jetzt blickte sie zuversichtlicher in die Zukunft.

Während der Kaffee in ihre Tasse lief, zog sie einen Umschlag aus der Schreibtischschublade und schrieb auf ein Blatt Papier: »Lieber Bill! Tut mir so leid, dass ich Dich im Stich lassen muss. Aber es ist etwas Persönliches und sehr wichtig für mich. Ich hoffe, Du findest Ersatz. Als kleinen Trost anbei ein Geschenk für Dich und Deine Frau. Macht Euch einen schönen Abend. Frohe Weihnachten!« In den Umschlag steckte sie die beiden Karten für die »Fledermaus«, klebte ihn zu und schrieb den Namen ihres Chefs auf die

Vorderseite. Bill würde sich freuen. Er und seine Frau liebten Musik. Ein Besuch der Silvestergala in der Met war etwas Besonderes und sollte seinen Ärger über die kurzfristige Absage besänftigen. Lindsays erneut aufsteigende Enttäuschung über Dans Verrat wurde von dem warmen Gefühl abgelöst, zwei Menschen glücklich gemacht zu haben.

Während sie den Kaffee trank, packte sie den Laptop und den Reader, auf den sie genügend Lesestoff für einige Monate geladen hatte, in den kleinen Reiserucksack. Der Akku hielt mindestens drei Wochen. Langeweile sollte also keine aufkommen.

Sie duschte ausgiebig und ließ das Wasser lange auf ihren Körper prasseln. Wer weiß, wann ich wieder solchen Luxus haben werde, dachte sie. In der Blockhütte bestimmt nicht. Lindsay trocknete sich mit dem flauschigen Badetuch ab und schlüpfte in die warme Skiunterwäsche. Die braunen Cordhosen und der blaue Norwegerpulli passten zu den frostigen Temperaturen an diesem Sonntagmorgen. In der Nacht war es in New York deutlich kälter geworden. Sie schnürte die hohen Wanderschuhe zu, warf sich den Anorak über und zog mit einem letzten Blick in ihr Apartment die Tür hinter sich ins Schloss. Der Taxifahrer, den sie gestern Abend noch bestellt hatte, wartete bereits und lud Rollkoffer und Rucksack in den Kofferraum seines Wagens.

»Erst zum New York Chronicle und dann zum Flughafen LaGuardia«, wies sie ihn an. Beim Chronicle waren die Fenster schon hell erleuchtet. Sie bat den Pförtner in der Lobby des Hochhauses, den Brief in die Hauspost zu geben. Bevor sie ins Taxi stieg, warf sie noch einen Blick hinauf in Richtung sechsundfünfzigster Stock. Hoch oben in Dans Büro brannte Licht. Er arbeitete – wie sollte es auch anders sein. Vermutlich würde er sogar an Weihnachten arbeiten … nach seiner Verlobung mit Anne. Geschah ihr recht. Aber vielleicht war sie auch ein Workaholic, und beide verbrachten so ihre gemeinsame Zeit. Lindsay schluckte, drehte sich um und stieg ins Taxi.

Terminal B von LaGuardia war festlich geschmückt. In der Abflughalle stand ein riesiger beleuchteter Weihnachtsbaum, aus den Lautsprechern klang leise »White Christmas«. Passend dazu tanzten draußen erste Schneeflocken vom noch nachtdunklen Himmel. Obwohl die Maschine nach Denver erst in zwei Stunden abhob, drängelten sich vor dem Schalter von United Airlines aufgekratzte und lachende Fluggäste in langen Schlangen. Sie flogen in den Urlaub oder nach Hause, um dort die Feiertage zu verbringen. Lindsay fühlte sich nicht dazugehörig. Sie war auf der Flucht – vor ihrem Schmerz und vor Dan. Das iPhone, das sie jetzt einschaltete, meldete zehn neue Nachrichten von ihm. Sie löschte sie wieder ungelesen. Am automatischen Eincheckschalter gab sie den Buchungscode ein und drückte der Angestellten ihren Koffer in die Hand. Bei der Sicherheitskontrolle dauerte es eine Weile, bis sie den Laptop aus dem Koffer genestelt und die Schnürsenkel der Wanderschuhe gelöst hatte. Aber obwohl sie die Wartenden aufhielt, drängelte niemand, was sie dankbar zur Kenntnis nahm. Die bevorstehenden Festtage sorgten bei allen für milde Stimmung. »Frohe Weihnachten«, wünschten ihr die Sicherheitsbeamten, als sie Schuhe, Rucksack und Laptop vom Band nahm.

Jetzt, da die Anspannung langsam von ihr abfiel, spürte Lindsay, wie hungrig sie war. Sie kaufte sich im Café Au Bon Pain ein Croissant und einen Cappuccino und setzte sich damit an einen kleinen Tisch am Fenster mit Blick auf den regen Flughafenbetrieb. Aus dem Rucksack kramte sie ihr Tagebuch hervor und begann zu schreiben: »Bin am Flughafen auf dem Weg nach Montana …« Während sie in das noch warme Croissant biss und den Cappuccino trank, schrieb sie ein paar Sätze über den heutigen Morgen. Dann blätterte sie langsam zurück. Ihre bisherigen Einträge waren voller Glück und Hoffnung gewesen auf ihr zukünftiges Leben mit Dan. Aber auch kleine Zweifel tauchten immer wieder auf. Würde sie gut genug für ihren anspruchsvollen Partner und seine Akademikerfamilie sein? Konnte sie mit dem Lebensstil der Newmans mithalten?

Warum fiel ihr das erst jetzt auf? Hatte sie vorher nie in ihrem eigenen Tagebuch gelesen? Dan hatte sich stets lustig über sie gemacht, wenn er sie bei den täglichen Aufzeichnungen beobachtete.

»Tagebuch«, hatte er mit einem geringschätzigen Unterton gesagt. »So etwas schreiben doch nur kleine Mädchen und keine erwachsenen Frauen.«

»Etwas dort hineinzuschreiben«, hatte sie sich zu erklären bemüht, »hat mir geholfen, mehr Details in meinem Leben zu sehen, verstehst du?«

Dans verächtliches Abwinken hatte sie verletzt, aber sofort entschuldigte sie sein Unverständnis mit Stress.

Ihr Tagebuch war wichtig für sie. Jeder Tag erzählte eine kleine Geschichte, und alle zusammen machten eine größere aus. Ein Puzzle, dessen einzelne Teile sich zu einem Bild fügten, das sie aber erst verstand, wenn es fertig war und sie es mit Abstand betrachtete. Dann erkannte sie auch, dass es die eine Geschichte nicht ohne die andere hatte geben können.

Lindsay las weiter: »Werde ich mein altes Leben aufgeben müssen, wenn wir verheiratet sind?«

Pah – verheiratet. Was hatte sie sich alles ausgemalt! Unterdessen hatte Dan schon mit Anne Zukunftspläne geschmiedet. Wütend schlug sie das Buch zu und stopfte es in den Rucksack zurück. Die aufsteigenden Tränen spülte sie mit dem restlichen Cappuccino herunter und stand auf. Flug UA 343 nach Denver wurde aufgerufen. Dort würde sie eine Stunde Zeit zum Umsteigen haben. Am Gate schob sie ihr Handy mit der mobilen Bordkarte über den Scanner und betrat den Flugsteig zur Maschine. Als das Flugzeug wenig später startete, warf sie einen Blick durch das Fenster auf die Lichter der Skyline von New York. Dann lehnte sie sich in ihrem Sitz zurück, schloss die Augen und atmete tief aus. Leb wohl, New York, Montana – ich komme!

Kapitel 12

Die weiße Wölfin bewegte sich vorsichtig und wimmerte. Bei jeder Bewegung schoss Blut aus der Wunde. Sie hatte es aufgegeben, gegen das Ding anzukämpfen, das sie festhielt, und lag so still wie möglich. Der Schwarze lag dicht neben ihr und versuchte, ihr durch seine Nähe Trost zu spenden. Offenbar hatte seine Gefährtin den feinen Menschengeruch, der ihm von der Falle in die Nase stieg, nicht bemerkt, und wenn doch, dann hatte sie ihn nicht mit schlimmen Erinnerungen verbunden, so wie er. Das Eisen war mit Tannenzweigen und Erde bedeckt gewesen. Aber er hatte sich nicht täuschen lassen, nur konnte er seine Gefährtin nicht mehr warnen. Als er die Gefahr erkannte, war es zu spät.

Durstig fraß die Wölfin Schnee. Der Schwarze erinnerte sich an den Hirschlauf, den er hatte fallen lassen, als seine Gefährtin aufschrie. Er lief zurück, um ihn zu holen. Mehrere Raben flogen protestierend auf, als er mit einem Sprung auf dem Fleisch landete, es packte und davontrug. Die Wölfin lag auf der Seite und hatte die Augen geschlossen, ihr Brustkorb hob und senkte sich rasch. Als der Schwarze das Futter neben sie legte, blickte sie auf und ihre Schwanzspitze wedelte. Dann sank ihr Kopf zurück in den Schnee. Sie hatte zu starke Schmerzen, um zu fressen.

Der Schwarze war verzweifelt. Immer wieder leckte er das Gesicht seiner Gefährtin und ihren blutenden Vorderlauf. Sie wurde schwächer. Er würde sie verlieren, wenn er nichts tat. Aber was sollte er tun?

Als die beiden Wölfe gestern ihr neues Revier erkundet und markiert hatten, waren sie in die Nähe einer kleinen Blockhütte geraten. Sie hatten Spuren der lauten Maschine gefunden und die Menschen gewittert. Konnten die ihm helfen? Warum sollte er ausgerechnet Hilfe bei denen suchen, die seine Familie getötet hatten? Aber wenn Menschen die Falle gemacht hatten, dann mussten sie sie auch öffnen können. Und ihr Geruch bei der Hütte war ein anderer gewesen als der bei der Falle. Etwas in seinem Inneren sagte dem Wolf, dass sie jetzt seine einzige Chance waren. Er musste seinem Instinkt vertrauen.

Unruhig lief er hin und her, bis er einen Entschluss fasste. Mit einem letzten Blick auf die Wölfin, die regungslos im Schnee lag, folgte er seiner eigenen Spur zurück zur Hütte der Menschen.

Kapitel 13

»Flug United Express 3609 aus Denver befindet sich im Anflug. Die Maschine kommt an Gate drei an, das Gepäck an Band zwei«, dröhnte die metallische Stimme aus dem Lautsprecher.

»Na endlich«, brummte Brian. Im Gegensatz zu den großen internationalen Airports wurden am Regionalflughafen von Bozeman die Abholer noch genau informiert, wo die Passagiere ankamen, ein Service, der – neben einem Parkplatz direkt gegenüber dem Terminal – den Charme des Flughafens ausmachte. Durch die Fensterfront des Restaurants beobachtete er, wie die Boing 737 ruhig durch den Schneefall glitt und sanft auf der Landebahn aufsetzte. Am Ende der geräumten Piste machte das Flugzeug eine Neunziggradwendung und rollte auf das Terminal zu.

Brian legte drei Dollar für Kaffee und Trinkgeld auf den Tisch und stand auf, um seinen Gast zu empfangen. Wie immer war er viel zu früh da gewesen. Wenn in Montana der Wetterbericht vor Schneefall warnte, musste man auf alles vorbereitet sein, und es war nicht höflich, jemanden warten zu lassen.

Er nahm die gefütterte Jeansjacke unter den Arm und ging die Stufen hinunter in die Empfangshalle. In der Hand hielt er ein Pappschild mit dem grünen Wappen des U.S. Forest Service. Das hatte Tom mit der New Yorkerin als Erkennungszeichen vereinbart.

Brian reihte sich in die Menge der Abholer ein, die vor der Tür zum Sicherheitsbereich auf ihre Lieben warteten. Er stellte sich neben die Bronzestatue eines Grizzlys in Originalgröße, dessen Tatzen vom vielen Berühren menschlicher Hände abgerieben worden waren und wie Gold glänzten. Allzu hoch brauchte der Ranger das Schild nicht zu halten, da er mit seiner Körpergröße die Masse überragte.

Die Fluggäste strömten aus der Tür und fielen den Wartenden in die Arme. Eine ausgelassene Festtagsstimmung herrschte im weihnachtlich geschmückten Terminal. Lachend und gestikulierend liefen die Menschen zu den Gepäckbändern, die jetzt mit einem lauten Warnton begannen, Koffer, Rucksäcke und Skiausrüstungen auszuspucken.

Von der New Yorkerin keine Spur. Verärgert wollte der Ranger sein Schild sinken lassen, als eine junge Frau mit einem Rucksack über der Schulter und einem Anorak über dem Arm durch die Glastür des Sicherheitsbereiches trat und sich suchend umschaute. Sie entdeckte ihn neben der Grizzlystatue und winkte. Brian warf das Pappschild in den Papierkorb und ging auf sie zu.

»Lindsay?«, fragte er.

Als Antwort streckte sie die Hand aus.

»Ich bin Brian Johnson und werde Sie zur Beaver Creek Cabin bringen.«

Brian umschloss ihre kleine, warme Hand mit einem festen Händedruck.

»Willkommen in Montana, Ma'am.«

Den breitkrempigen Cowboyhut aus braunem Filz hatte er abgenommen und hielt ihn in der anderen Hand. Auch wenn seine Eltern einfache Farmer waren, so hatten sie doch stets Wert darauf gelegt, ihrem Sohn gutes Benehmen beizubringen. Frauen die Tür aufzuhalten oder in den Mantel zu helfen, war für ihn eine ebensolche Selbstverständlichkeit, wie zur Begrüßung den Hut zu ziehen. »Behandele Frauen immer so, wie du auch deine Mutter behandeln würdest«, hatte ihm sein Vater eingebläut. Seine Eltern waren stets sehr liebevoll und respektvoll miteinander umgegangen und ein großes Vorbild für ihn.

Unauffällig musterte Brian die Frau, die nun die Grizzlystatue bestaunte, und revidierte im Stillen seine vorgefasste Meinung von New Yorker Journalistinnen. Ungeschminkt, glatte Haare und einfache, aber praktische Kleidung. Sie war schlank, aber mit den richtigen Rundungen an den rechten Stellen, keine Hungerhaken, wie die meisten Frauen aus den Großstädten. So hatte er sie sich nicht vorgestellt. Aber sie hatte ernste Augen, gar nicht wie jemand, der sich auf seinen Urlaub freut.

»Der Bär ist wunderschön«, sagte Lindsay und drehte sich zu Brian um. »Warum glänzen seine Pfoten so, Mr. Johnson?«

»Brian genügt«, korrigierte er sie. »Irgendjemand hat einmal das Gerücht gestreut, dass jeder, der ihm die Pranke streichelt, wieder nach Bozeman zurückkommen wird.«

»Vielleicht sollte ich sie dann auch streicheln, was meinen Sie?« Sie lächelte ihn an und reckte sich zu der Tatze empor.

»Keine schlechte Idee, Ma'am.«

»Lindsay, einfach Lindsay. Für eine Ma'am fühle ich mich noch nicht alt genug.«

»Okay, Lindsay. Kommen Sie, wir holen Ihr Gepäck.«

Brian wurde heiß, was sicher nicht am Lächeln seines Gastes lag, sondern daran, dass das Flughafenterminal überheizt war und er sich entsprechend der Minusgrade draußen warm angezogen hatte. Wobei »warm« für einen Ranger aus Montana relativ ist. Lange Unterhosen und Unterhemd, Fleecepulli, die obligatorischen Jeans und eine gefütterte Jacke, das reichte ihm bis minus zwanzig Grad. Erst bei tieferen Temperaturen zog er eine weitere Schicht an. Die ausgetretenen Winterstiefel mit ihren Innenschuhen aus Filz hatten ihn noch nie im Stich gelassen.

Lindsay musterte ihn und sagte: »Ich habe Sie mir ganz anders vorgestellt.«

»Wie?«, fragte Brian und musste innerlich grinsen.

»Na, irgendwie … also … grüner?«

Sie musste das belustigte Aufblitzen in seinen Augen bemerkt haben, denn Lindsay beeilte sich hinzuzufügen: »Ich habe nach einer Rangeruniform Ausschau gehalten.«

»Mein Chef ist im Urlaub. Ich bin quasi halb privat hier.« Brian zwinkerte ihr zu. »Ich habe Sie mir auch anders vorgestellt.«

»Ach. Wahrscheinlich Schminke, Pelzmantel und Stöckelschuhe«, konterte die Journalistin und legte den Kopf schief.

»So ähnlich.« Brian grinste und dachte: Nicht auf den Kopf gefallen, die Kleine.

Auf dem Gepäckband drehte Lindsays Rollkoffer als

letzter einsam seine Runden. Brian hob ihn herunter und stöhnte unter dem Gewicht.

»Was um alles in der Welt haben Sie hier drin? Steine?«

»Meine Tagebücher«, sagte Lindsay und lachte. »Und mein Manuskript. Ich bin Autorin und will hier daran weiterarbeiten.«

»Ich dachte, dafür gibt es Laptops?«

»Habe ich auch dabei. Aber als ich reserviert habe, hat der Mann am Telefon mich gewarnt, dass ich keinen Strom haben würde, wenn die Solarzellen ausfallen. Also habe ich alles sicherheitshalber noch mal ausgedruckt.«

Dass die hübsche Frau auch noch praktisch veranlagt war, gefiel Brian. Seine Bedenken, dass sie es nicht lange in der Cabin aushalten würde, zerstreuten sich langsam. Er streifte seine Jacke über, drückte den Hut auf die Locken, zog den Griff aus dem Koffer und ging mit seinem Gast zum Ausgang. Nur noch vereinzelte Schneeflocken schwebten vom Himmel, als die Glastüren des Terminals zur Seite glitten und sie in die eisige, klare Bergluft traten. Mit großen Augen blickte Lindsay auf die Bergkette, die sich den ganzen Horizont entlangzog.

»Wow!«, sagte sie leise. Nach einer Weile fuhr sie fort: »Beim Anflug war die Wolkendecke so dicht, dass ich schon dachte, in Montana gibt es gar keine Berge. Und jetzt das hier.«

Brian lächelte und freute sich über ihre Begeisterung.

»Montana ist Big Sky Country. Hier geht der Himmel direkt in die Berge über.« Nicht ohne Stolz holte er mit dem Arm aus und präsentierte ihr sein Land. »360 Grad – Panoramaformat!«

»In New York kann man nur nach oben schauen«, antwortete Lindsay.

Der Ranger nahm ihren Arm und führte sie über die Straße zum Parkplatz. Es war eiskalt und hatte jetzt ganz aufgehört zu schneien. Ein erster Sonnenstrahl bahnte sich seinen Weg durch die Wolken und ließ die Luft um sie herum wie Millionen kleiner Diamanten glitzern. Mit offenem Mund bestaunte Lindsay das Naturwunder.

»Wir nennen das Diamantenstaub«, erklärte Brian. »Es ist eine Art Eisnebel, der dort entstehen kann, wo extrem kalte Luft über relativ warmes Wasser streicht. Der aufsteigende Dampf gefriert quasi sofort und füllt die Luft mit Eiskristallen, die klein genug sind, um sich in der Schwebe zu halten.«

»Ist das schön!«, flüsterte Lindsay, die an seiner wissenschaftlichen Erklärung wenig interessiert zu sein schien, angesichts des Glitzerns um sie herum.

Mit einem Lächeln führte Brian sie zum Pick-up mit dem Abzeichen des Forest Service auf den Türen. Er packte den Koffer auf die Rampe des Wagens neben Schaufeln, Äxten und einer Werkzeugkiste und deckte ihn mit einer Plane zu. Dann öffnete er die Beifahrertür und ließ Lindsay einsteigen.

»Gleich wird's warm«, beruhigte er sie, als er sah, dass sie sich bemühte, ein Zittern zu unterdrücken. Er gab ihr eine der Decken, die er vorsorglich mitgenommen hatte. Mit einem Schnaufen und Stottern sprang der Wagen an und rumpelte zum Kassenhäuschen des Parkplatzes.

Brian reichte den Parkschein und drei Dollar durch das Fenster, tippte mit zwei Fingern an seinen Hut und wünschte der beleibten Afroamerikanerin frohe Weihnachten. »Danke. Ihnen auch.« Sie strahlte ihn an.

Um den Verkehr von Bozeman zu meiden, bog Brian von der Flughafenausfahrt nach Osten in Richtung Belgrade ab, überquerte die Autobahn und fädelte sich in die Autoschlange des U.S. Highway 191 ein, der nach Süden führte. Vans und Allradfahrzeuge mit jungen Leuten überholten sie. Die Ski- und Snowboard-Ausrüstungen auf den Dächern wiesen darauf hin, dass sie auf dem Weg ins Skigebiet Big Sky waren, das auf halber Strecke zwischen Bozeman und West Yellowstone lag. Im Autoradio lief der lokale Country-Music-Sender KXLB. Während die Musik leise spielte, warf Brian einen verstohlenen Blick auf die junge Frau, die auf der breiten Sitzbank des Pick-ups zusammengesunken war. Sie hatte die Decke bis zur Nasenspitze hinaufgezogen, und ihr Kopf fiel regelmäßig in Richtung Brustbein. Obwohl sie sich immer wieder hochriss, schlief sie schließlich ein. Eine Strähne ihres rotbraunen Haares war ihr über die Augen gefallen und passte sich in ihren Bewegungen denen des Wagens an. Brian geriet in Versuchung, ihr das Haar sacht aus dem Gesicht zu streichen, ließ es dann aber bleiben. Er wollte sie nicht wecken, sie sah erschöpft aus. Manchmal zuckte sie im Schlaf zusammen und schaute ihn kurz aus tiefbraunen Augen an, ohne etwas wahrzunehmen. Dann sank sie wieder in den Autositz und schlief weiter. Nur noch die Stupsnase mit den Sommersprossen ragte unter der Decke hervor. Brian musste an einen Spruch denken, den er einmal gehört hatte: »Ein Mädchen ohne Sommersprossen ist wie ein Himmel ohne Sterne.« Schön, dass es noch so etwas gab. Diese Reporterin gehörte offensichtlich nicht zu den Frauen, die sich jeden vermeintlichen Makel entfernen ließen. Aber warum hatte sie nur so traurige Augen?, fragte er sich. Und was war geschehen, dass sie in einer Zeit, die man normalerweise zu Hause im Kreis der Familie verbringt, auf der Flucht in die größtmögliche Einsamkeit war?

KAPITEL 14

Der Pick-up rumpelte heftig, als er an der Tankstelle über den waschbrettartig festgefahrenen Schnee fuhr. Verschlafen öffnete Lindsay die Augen und streckte sich.

»Wo sind wir?«

»Wir haben es fast geschafft. Dort hinten liegt Big Sky, das Skigebiet.« Brian deutete auf die schneebedeckten Berge im Westen, deren Wälder von breiten Abfahrtspisten zerfurcht waren. »Von da aus sind es noch etwa fünfzehn Meilen. Ich muss dringend tanken – Benzin und Kaffee.«

Lindsay sah auf die Uhr. Sie hatte eine Stunde fest geschlafen. Sie stieg aus und faltete die Decke zusammen. Während Brian den Wagen auftankte, verschwand sie in der Toilette, um sich frisch zu machen. Sie spritzte sich Wasser ins Gesicht und strich die Haare mit den Händen glatt. Brian wartete schon, als sie zurückkam, und reichte ihr einen Becher heißen Kaffee und einen Müsliriegel.

»Danke, ich hab einen Riesenhunger.«

»Wenn Sie noch Lebensmittel für die Hütte einkaufen möchten, ist jetzt die Gelegenheit dazu«, schlug er vor. »Hier in der Tankstelle gibt es fast alles, und wir kommen an keinem anderen Geschäft mehr vorbei.« Er zählte die Vorräte auf, die die Vormieter hinterlassen hatten.

»Wenn Ihrer Meinung nach etwas fehlt, sollten Sie das jetzt hier kaufen. Dort oben müssen Sie mit dem auskommen, was Sie vorfinden oder mitgebracht haben.«

Der Mann denkt tatsächlich mit, dachte sie und fragte sich, ob er sich um sie sorgte oder ob er nur sicher sein wollte, dass sie allein zurechtkam und er nicht würde kommen müssen, um sie zu retten.

Als sie mit einer Papiertüte voller Lebensmittel aus der Tankstelle kam, nahm Brian ihr die Einkäufe ab und verstaute sie auf der Ladefläche. Mit einem »Wir müssen weiter« hielt er die Beifahrertür auf und ließ sie einsteigen.

Zwei Meilen später bogen sie auf den Highway 287 ab. Hohe Schneeberge türmten sich auf beiden Seiten der kleinen Landstraße, über die der Wagen rumpelte. Die festgefahrene Schneedecke hatte tiefe Täler, Mulden und eisige Hügel dort hinterlassen, wo der Wind die Straße frei geweht hatte.

Während Lindsay den Müsliriegel verdrückte und den restlichen Kaffee trank, musterte sie verstohlen den Mann am Steuer, der sich ab und zu gedankenverloren mit der Hand die dichten Locken zurückschob, die ihm in die Stirn fielen. Zahlreiche feine graue Strähnen setzten helle Lichter in das dunkle Haar. Er war groß, zwischen seinem Kopf und der Decke des Pick-ups hatte keine Handbreit mehr Platz. Kein Mann für einen Sportwagen, sondern ein ganzer Kerl. Ihre Mutter hatte ihr früher immer gesagt: »Männer sind wie Autos. Es gibt die schönen, schnellen Sportwagen, mit denen du auffällst, und es gibt die zuverlässigen Familienvans, die ewig halten und dich überall hinbringen – auf die solltest du achten.« Dieser Ranger gehört eindeutig zur

Kategorie »Van«, dachte Lindsay und kicherte in sich hinein.

Er sah gut aus, nicht wirklich schön, dazu war sein glattrasiertes Gesicht zu kantig und der Strahlenkranz aus Lachfalten um die Augen zu tief. Aber er hatte etwas, das sie faszinierte. Vorhin, als er sie mit warmen braunen Augen angeschaut hatte, kam für einen kurzen Moment ihr Herz ins Stolpern.

Blödsinn!, schalt sie sich. Du hast dich gerade von dem einen Mann getrennt und fühlst dich schon wieder zu einem anderen hingezogen? Lass das! Es war überhaupt nicht ihre Art, von einer Beziehung sofort in die nächste zu wechseln. Aber sie war auch noch nie so brutal verletzt worden. Vielleicht würde es ihr helfen, einen anderen Mann attraktiv zu finden. Sie schüttelte die Gedanken ab und konzentrierte sich auf die verschneite Landschaft, durch die sie fuhren.

Die Straße schlängelte sich am Madison River entlang, der trotz der Kälte fast vollständig eisfrei war und dank der thermischen Aktivitäten rund um den Yellowstone Nationalpark dampfte wie eine heiße Badewanne. In der Ferne erhob sich im Osten die Madison- und im Westen die Gravelly-Bergkette, auf die Brian jetzt deutete.

»Das Gebiet in den Bergen dort gehört zu den entlegensten und unzugänglichsten Wildnisgebieten von Montana. Die Beaver Creek Cabin liegt am Rande dieser Wildnis.«

Beeindruckt fragte Lindsay: »Und was war dort?« Sie zeigte auf die Hügel im Süden. Dort ragten wie verkohlte Zahnstocher die Überreste von verbrannten Bäumen in den tiefblauen Himmel.

»Das sind die Reste des großen Feuers von 1988«, erklärte Brian. »Damals ist fast ein Drittel der Parkfläche vernichtet worden. Wir sind hier in einem gefährdeten Waldbrandgebiet.«

Die Stimme des Rangers hatte einen eigenartigen Klang angenommen. Verwundert schaute Lindsay ihn an. Er biss sich auf die Lippen und hatte den Blick in die Ferne gerichtet. Woran dachte er?, fragte sie sich.

Mit einem fröhlichen »Nun, darum muss ich mir ja jetzt im Winter zum Glück keine Gedanken machen« löste sie die angespannte Stimmung.

»Richtig«, bekräftigte Brian und bog auf einen Parkplatz ein, auf dem mehrere Schneemobile standen. Das Auto kam schlitternd zum Stehen, und Lindsay blickte sich verwirrt um. Weit und breit war keine Cabin zu sehen.

»Wir haben noch sieben Meilen bis zur Hütte. Aber hier gibt es keine Straße mehr. Wir müssen mit dem Schneemobil weiter.«

Er ging zu einem Motorschlitten mit Lastenanhänger und wischte mit den Handschuhen den Schnee von der Sitzfläche. Dann hob er Lindsays Koffer, den Rucksack und die Tüte mit den Einkäufen vom Pick-up und schnallte alles auf den angehängten Schlitten. Er tauschte den Cowboyhut gegen einen Motorradhelm, der im Fahrzeug lag, und zog einen weiteren Helm für Lindsay hervor. Die schaute grimmig zu.

»Das ist das Gesetz«, sagte Brian.

»Ich weiß, oder dachten Sie, ich sorge mich um meine Frisur?«, fauchte sie ihn an. »Ich hasse Schneemobile. Sie machen Lärm, stinken und verscheuchen die Tiere.«

»Das kann ich verstehen«, antwortete Brian. »Ich bin

auch kein Freund von den Dingern, aber hier in der Wildnis haben sie ihre Berechtigung. Sie sind oft das einzige Fortbewegungs- und Transportmittel. Deshalb können wir nicht auf sie verzichten – es sei denn, Sie wollen Ihren Koffer und die Lebensmittel sieben Meilen durch hüfthohen Schnee schleppen. Dafür hätte ich extra noch ein Paar Schneeschuhe auf der Ladefläche des Wagens.« Er grinste.

Widerwillig setzte Lindsay den Helm auf und ließ sich von Brian beim Zuschnallen helfen. Dabei berührten seine warmen Hände für einen kurzen Moment ihre Wange und lösten bei ihr eine Welle von Gefühlen aus. Verwirrt stieg Lindsay auf das Schneemobil. Brian legte die Decke aus dem Auto über ihre Oberschenkel und nahm vor ihr auf dem Sitz Platz. Es war Lindsays erste Fahrt auf einem Motorschlitten. Ängstlich schlang sie die Arme um Brians Brust und drückte sich fest an seinen Rücken, als er mit einem Aufröhren den Motor startete. Sie schloss die Augen und betete, dass diese Fahrt schnell vorbei sein möge.

»Sie können mich jetzt loslassen«, sagte Brian lachend.

Lindsay schaute auf die Uhr. Obwohl sie nur eine halbe Stunde gefahren waren, fühlte es sich an, als seien sie eine Ewigkeit unterwegs gewesen.

»Autsch!«, entfuhr es ihr, als Brian ihr vom Sitz half und sie in die Knie sackte. Sie hatte Mühe, ihre Arme und Beine, die sie während der Fahrt in ohnmächtiger Angst verkrampft hatte, zu lösen.

»Die Freiheit fängt oft schmerzhaft an«, bemerkte Brian und zwinkerte ihr zu, als er das Gepäck und die Lebensmittel ablud und ins Haus trug.

»Scherzkeks!«, brummte Lindsay und drehte sich zur Hütte um. Bei ihrem Anblick überkam sie plötzlich eine große Ruhe. Hier würde sie sich wohl fühlen. Mit immer noch steifen Beinen folgte sie humpelnd Brian und trat ins Innere. Sie schaute sich um. Der Mann am Telefon hatte die Hütte als »rustikal« bezeichnet. Aber entgegen ihren Befürchtungen war alles ordentlich und sauber.

Die Einrichtung erinnerte sie an die Unterkünfte ihrer Kindheit. Mit einem Mal vermisste Lindsay die Wärme und Liebe ihrer Eltern. Sie schluckte. Was war bloß los mit ihr?

Inzwischen hatte Brian die vorbereiteten Holzspäne im Ofen angezündet und Holz nachgelegt. Das Feuer loderte bereits hell. Auf seine Frage, ob sie wisse, wie man den Ofen bedient, nickte Lindsay stumm. Ihr kamen schon wieder die Tränen. Sie hatte den kleinen Weihnachtsbaum auf dem Tisch entdeckt, dessen Lichter Brian jetzt einschaltete.

»Tata ... frohe Weihnachten.« Er verbeugte sich theatralisch, als das Bäumchen das Innere der Hütte in einen magischen Glanz tauchte.

»Bravo!«, spielte Lindsay mit, klatschte in die Hände und fügte mit tränenfeuchten Augen hinzu: »Danke, das war sehr aufmerksam.«

Heulsuse!, schalt sie sich innerlich. Ihre Nerven schienen unter den Ereignissen der vergangenen Tage gelitten zu haben. Sie zog die Nase hoch und schluckte die Tränen herunter.

»Kommen Sie. Ich zeige Ihnen, was Sie wissen müssen.« Brian erklärte ihr die Funktionen der beiden Solarakkus und warnte zugleich, dass sie je nach Wetterlage die meiste Zeit keinen Saft haben würden. Die schwachen Glühlampen wurden von den Akkus betrieben. Als Ersatz stand eine Campinglampe auf dem Tisch, die sich mit einem Drehknopf anschalten ließ.

Eine weitere Lampe stand auf dem kleinen Küchenregal. Hier befanden sich auch ein Gaskocher, eine gusseiserne Pfanne und zwei Blechtöpfe, in denen sie sich Pulverkaffee oder Tütensuppe kochen konnte. Sie war froh, dass sie diese noch an der Tankstelle gekauft hatte, zusammen mit ein paar Packungen gefriergetrockneter Campinggerichte. Brian zeigte ihr das Versteck für die Kühlbox des Vormieters und warnte sie, diese stets gut verschlossen zu halten. Der Inhalt war eine reine Schatztruhe. Erdnussbutter, Mini-Salamiwürstchen, schmale, eingeschweißte Käsestangen … Verhungern würde sie hier sicher nicht.

»Keine Kerzen!«, belehrte Brian sie mit hochgezogenen Augenbrauen, als er einen Blick in Lindsays Koffer warf, den sie begonnen hatte auszupacken. »Das ist hier wegen der Feuergefahr verboten.« Lindsay, die inzwischen verstanden hatte, dass das Thema »Feuer« ein besonderes Problem für ihn war, schob die Kerzen unter ein paar Kleidungsstücke und gab sich ahnungslos. Neben der Tür hing ein Feuerlöscher, das wohl wichtigste Utensil einer Blockhütte.

Mit einem Blick auf ihren Laptop und ihr iPhone bemerkte Brian: »Es gibt kein Internet und auch keinen Handy-Empfang. Sie sind also wirklich auf sich allein gestellt.« Als er ihre besorgten Augen sah, fügte er hinzu: »Ich komme alle zwei bis drei Tage vorbei und schaue, wie es Ihnen geht.«

»Und was mache ich im Notfall?«, fragte Lindsay.

Langsam dämmerte ihr die Realität der selbstgewählten Isolation.

Brian nahm sie am Arm und ging mit ihr nach draußen.

»Wenn einmal etwas sein sollte, dann folgen Sie diesem Weg.« Er deutete mitten in den Wald. Einen »Weg« konnte sie dort nicht entdecken, aber eine Reihe Bäume, die wohl den Weg darstellen sollten, waren mit roten Farbkreuzen markiert. Sie würde also nur diesen Kreuzen nachgehen müssen. »Er führt zu einer alten, verlassenen Rangerstation, in der sich ein Funkgerät befindet. Die Anweisung, die dabeiliegt, beschreibt, wie Sie es bedienen müssen. Ist ganz einfach«, sagte er mit einem aufmunternden Lächeln. »So können Sie jederzeit jemanden von uns in der Stadt erreichen.«

Mühsam stapften beide gemeinsam weiter durch den hohen Schnee, der Lindsay fast bis an die Oberschenkel reichte. Ihr Gastgeber zeigte ihr den Holzunterstand, in dem auch ein paar moderne Schneeschuhe aus leichtem Aluminium standen.

»Sind Sie schon einmal mit so etwas gelaufen?«

»Ja, beim Skiurlaub in Colorado hab ich es ausprobiert. Ging ganz gut.« Lindsay bemühte sich, Erfahrung und Zuversicht auszustrahlen.

»Ich werde sicherheitshalber auf der Heimfahrt den Weg noch mal mit dem Schneemobil spuren und auch kontrollieren, ob in der alten Rangerhütte alles in Ordnung ist.«

Dankbar nickte sie.

»Dort, auf der anderen Seite der Hütte, fließt ein kleiner Bach. Da können Sie Ihr Trinkwasser holen.« Er sah Lindsays skeptischen Blick und fuhr fort: »Ich weiß nicht, was man Ihnen in der Stadt erzählt hat, aber das Wasser aus Bergbächen wie diesem ist sicher. Und der Bach friert nicht zu, weil die Erdwärme hier zu stark ist. Unter uns brodelt einer der größten Supervulkane der Welt.«

Lindsay war der Meinung, dass sie bereits genug Aufregendes gehört und erlebt hatte. Viel mehr konnte sie heute nicht mehr aufnehmen. Sie war müde und erschöpft. Sich aneinander festhaltend liefen sie zurück zur Cabin, klopften sich den Schnee von Kleidung und Schuhen und betraten die Hütte, die nun mollig warm geworden war.

»Kann ich Sie allein lassen? Ich muss jetzt los. Es wird dunkel.«

Lindsay nickte und reichte ihm die Hand, die in der seinen fast vollständig verschwand.

»Danke für alles.«

»Kein Problem.« Brian hielt ihre Hand einen Bruchteil zu lange in der seinen, bevor er sie losließ. Er drehte sich um und ging zur Tür. Über die Schulter sagte er zu ihr: »Ach, bevor ich es vergesse. Ich hoffe, Sie haben keine Angst vor Wölfen. Hier kommt immer mal der eine oder andere vorbei. Aber die sind harmlos und haben noch niemandem etwas getan.«

Erschrocken riss Lindsay die Augen auf, was Brian, der mit dem Rücken zu ihr stand, nicht sah. Wölfe?!

»Und passen Sie auf, wo Sie hintreten. Diese Mistkerle von Fallenstellern haben hier überall ihre Eisen ausgelegt. Nicht um die Cabin herum, aber vor allem draußen im Wald. Am besten, Sie nehmen immer die Skistöcke mit, die bei den Schneeschuhen stehen, und achten darauf, was vor Ihnen im Schnee versteckt ist.«

Er riss die Tür auf und stapfte zum Schneemobil. Mit einem Knattern warf er die Maschine an und sauste an der Cabin vorbei, den markierten Waldweg entlang. Ohne sich noch einmal nach ihr umzuschauen, hob er die Hand zu einem letzten Gruß. Entgeistert blickte ihm Lindsay nach.

Erschrocken zuckte sie zusammen, als sie glaubte, ein Knacken von Zweigen zu hören. Sie machte einen Schritt zurück in die Hütte, warf die Holztür zu und legte den schweren Riegel vor. Erschöpft ließ sie sich auf das Bett mit der einfachen Matratze sinken und schaute sich um. Sie war zu müde, um alles zu erfassen. Später würde sie den Rest auspacken und es sich gemütlich machen. Jetzt zog sie den Schlafsack aus dem Koffer und breitete ihn auf dem Bett aus. Sie legte eine Wolldecke als Kopfkissen zusammen und überprüfte die Taschenlampe, die sie griffbereit neben sich legte. Mit ihren Kleidern kroch sie in den Schlafsack. Endlich fiel die Anspannung von ihr ab, und sie sank in einen tiefen, traumlosen Schlaf.

Kapitel 15

Der Mond überquerte den winterlichen Himmel und hinterließ auf seinem Weg einen Strom von Sternen, die glitzerten wie Kristall in einem Kronleuchter. Der schwarze Wolf wagte sich hinter einem Baum hervor. Vorsichtig hob er einen Lauf nach dem anderen, verhielt einen Augenblick in der Luft, bevor er ihn aufsetzte und sich Zentimeter für Zentimeter aus seiner Deckung schob. Er hatte Angst – vor der ungeschützten Lichtung, die er überqueren musste, vor der Hütte und dem schwachen Lichtschein, der durch das Fenster schimmerte. Und vor allem vor dem Geruch der Menschen und ihrer Maschine.

Für sie unsichtbar, hatte er beobachtet, wie sie ankamen, ausluden und im Haus verschwanden. Er hatte sich in den Schnee geduckt, als sie wieder herauskamen und um das Blockhaus herumliefen, und erneut, als der Mann mit seiner Maschine wegfuhr. Die Frau war geblieben. Sie hatte ihn nicht bemerkt. Der Wolf streckte die Nase weit vor, um ihre Witterung aufzunehmen. Sein Geruchssinn war im Tierreich unübertroffen und täuschte ihn selten. Er teilte die Gerüche ein in »dunkel« (bedrohlich) und »hell« (neutral). Hinzu kam seine Erfahrung, die er mit einem bestimmten Geruch verband. Die Menschen, die seine Familie getötet hatten, rochen »dunkel«. Die Falle, die die Pfote seiner Gefährtin festhielt, hatte ebenfalls »dunkel« gerochen, wenn auch nur schwach. Die Frau bei der Hütte jedoch roch »hell«, und sie bewegte sich ruhig. Sein Instinkt sagte ihm, dass sie keine Gefahr für ihn war. Vorsichtig umrundete er in einem großen Bogen die Cabin und markierte jede hervorstehende Stelle mit einem kräftigen Urinstrahl.

Immer wenn er ein Geräusch im Inneren des Hauses hörte, drückte er sich an die Holzbalken und verschmolz mit ihrem Schatten. Doch allmählich wurde es ruhig und das Licht ging aus. Die Augen des Schwarzen stellten sich auf die Dunkelheit ein, die ihm genügend Schutz bot, aus seiner Deckung herauszutreten. Vor einem der Fenster war eine Dachlawine abgegangen und bildete einen Schneehügel, den der Wolf jetzt langsam und in äußerster Anspannung emporkroch. Vorsichtig hob er den Kopf über den Fenstersims und blickte in die Hütte. Es war dunkel, nichts rührte sich. Aber er roch die Frau und hörte sie regelmäßig atmen. Der Wolf ließ sich auf dem Hügel nieder, legte den Kopf auf die ausgestreckten Pfoten und wartete.

Kapitel 16

Als Lindsay aufwachte, wusste sie einen Moment lang nicht, wo sie sich befand. Sie streckte den Kopf aus dem Schlafsack hervor, in den sie eingetaucht war. Ihr war kalt, und sie konnte sich kaum bewegen. Warum trug sie noch ihre Sachen? Sie schob eine Hand nach oben und zog den Reißverschluss auf. Abgesehen von den bunten Minileuchten des Weihnachtsbäumchens war es stockdunkel. Der rote Schimmer durch die schmale Öffnung der Eisenplatte des Ofens zeigte an, dass noch ein wenig Glut vorhanden war. Lindsay kramte nach der Taschenlampe und schaltete sie ein. Sie ließ den Lichtstrahl durch die Hütte gleiten, um sich zu orientieren. Dann schlug sie den Schlafsack zurück und stieg in die Stiefel, die sie vor das Bett gestellt hatte. Sie ging zur Tür und suchte den Lichtschalter. Die Deckenlampe gab nach einem kurzen Flackern den Geist auf. Offensichtlich hatte es in den letzten Tagen nicht genügend Sonne gegeben, um die Solarakkus auf dem Dach aufzuladen. Sie griff nach der Gaslampe, die sie am Abend auf den Tisch gestellt hatte, und betätigte den Schalter des Brenners. Sofort leuchtete ein helles Licht auf. Die zweite Lampe wurde mit Batterien betrieben, ihre LED-Birnen funktionierten ebenfalls. Vorsorglich hatte Brian ausreichend Reservebatterien auf das Küchenregal gelegt.

Mit zwei Schritten war sie am Ofen, dessen mächtiges, rundes Rohr einen Großteil der Hütte einnahm. Sie nahm Holz vom Stapel, das neben dem Ofen aufgeschichtet war, packte mit einem bereitliegenden alten Lederhandschuh einen gebogenen Eisenhaken und zog damit die runde Eisenplatte beiseite, die den Ofen oben verschloss. In die Öffnung warf sie ein wenig von dem Zunder aus der Holzkiste, legte vorsichtig ein paar Späne obenauf und blies leicht in die Glut. Sofort flammte das Feuer auf. Zufrieden schob sie zwei unterarmlange Holzstücke nach und ließ die Platte wieder an ihren Platz gleiten.

Jetzt konnte sie ihren Koffer weiter auspacken. Sie schaute auf die Uhr. In New York war es Mitternacht. Was Dan wohl tat? Ob er sie vermisste? Vielleicht würde er seine Meinung ändern und sie suchen. Lindsay malte sich aus, wie er gleich einem Ritter in silberner Rüstung mit dem Schneemobil vor ihrer Hütte auftauchte und sie entführte. Dann würden sie gemeinsam in den Sonnenuntergang fahren. Blödsinn!, schalt sie sich. Vermutlich saß er gerade mit Anne in der Villa seiner Eltern und stieß mit ihnen auf die Verlobung an.

Sie stellte die Uhr zwei Stunden zurück. Montanazeit. An nichts anderes wollte sie mehr denken. Ihre Tagebücher legte sie auf das rustikale Regal neben die Streichhölzer. Beim Anblick dieses Stilllebens musste sie lächeln. Sehr bezeichnend. Meine Tagebücher – bereit fürs Feuer. Das Manuskript für ihr Buch fand seinen Platz neben dem Laptop auf dem Tisch. Zweihundert Seiten hatte sie bisher von ihrem historischen Liebesroman geschafft. Ihre Gefühle für Dan hatten sie beim Schreiben inspiriert und ihr geholfen, die Szenen glaubwürdiger zu machen. Wie sollte es jetzt weitergehen? Konnte sie überhaupt noch über die Liebe schreiben, nachdem sie so enttäuscht worden war? Sie war hier, um es herauszufinden.

Ihr Magen knurrte, aber sie hatte keine Lust, etwas zu kochen. Es war zu spät. Dennoch wollte sie wenigstens noch etwas Schnee hereinholen, um ihn zu schmelzen und sich zu waschen. Lindsay nahm den großen Blechtopf vom Küchenregal und zog die Stirnlampe über, die sie in weiser Voraussicht noch am Flughafen in Denver gekauft hatte. Jetzt drückte auch noch ihre Blase. Eine gute Gelegenheit, das Outhouse auszuprobieren, das Brian ihr gezeigt hatte. Es lag etwa zwanzig Meter von der Cabin entfernt. Vorsichtig öffnete sie die Tür und schaute sich um, bevor sie hinaustrat.

Der Weg zur Außentoilette war ungespurt. Sie zögerte einen Moment und blickte ratlos auf den Holzverschlag, in dem die Schneeschuhe unerreichbar weit weg lagen. Sie würde erst Schnee schaufeln müssen. Kurz entschlossen folgte sie ein Stück weit der fest gepackten Schneemobilspur und hockte sich hin. Hier konnte sie eh keiner sehen. Als sie aufstand, bemerkte sie unweit des Hauses einen gelben Fleck im Schnee. Irgendein Tier hatte hier sein Revier markiert. Jetzt fielen Lindsay wieder die Wölfe ein. War da nicht ein Rascheln? Hatte ein Zweig geknackt? Sie lauschte angespannt in die Dunkelheit. Da – eine Bewegung im Wald. Nur ein Schatten, aber er genügte, dass sie zurück in die Hütte rannte und die Tür zuschlug. Den Topf hatte sie draußen vergessen.

Heftig atmend blieb sie stehen und lauschte. Nichts. Nur das Klopfen ihres Herzens dröhnte in ihren Ohren.

Sie war froh, dass niemand sah, was für ein Angsthase sie war. Brian hatte doch gesagt, dass sie von den Wölfen nichts zu befürchten hätte. Und überhaupt – woher wusste sie, dass die Markierung von einem Wolf stammte? Sie konnte auch von einem Fuchs oder einem Hasen sein, oder vielleicht sogar vom Ranger selbst. Wenn es hell wurde, würde sie nach Spuren suchen. Jetzt aber bekamen sie keine zehn Pferde mehr aus dem Haus. In den Tiefen des Rucksacks fand sie zwei kleine Flaschen Wasser, die an Bord des Flugzeuges verteilt worden waren. Das würde reichen. Sie nahm sich vor, das Wasser nur im Notfall zu trinken, damit sie nicht in der Nacht noch einmal hinausmusste. Dann schälte sie sich bis auf die warme Skiunterwäsche aus ihrer Kleidung und setzte sich mit angezogenen Beinen auf das Bett. Den Schlafsack über die Schultern gelegt, begann sie, im Schein der Stirnlampe ihr Tagebuch zu lesen.

Nach nur wenigen Seiten übermannte sie erneut der Schlaf, und sie rutschte tiefer in den Schlafsack. Im Traum erlebte sie noch einmal die letzten Stunden mit Dan und schluchzte verzweifelt.

Draußen im Schnee lag ein schwarzer Wolf und lauschte mit zur Seite geneigtem Kopf auf die Geräusche aus der Hütte.

Kapitel 17

Brian lenkte den Motorschlitten durch den Wald den Berg hinunter zum Parkplatz seines Autos. Dabei ging ihm die hübsche Journalistin nicht aus dem Kopf. Hoffentlich geriet sie nicht in Schwierigkeiten. Sie hatte so blass ausgesehen und so verloren, als er wegfuhr. Wenngleich er den Eindruck hatte, dass das Leben in einer Wildniscabin nicht neu für sie war. Denn so dumm hatte sie sich nicht angestellt, als er ihr alles erklärte. Außerdem war sie warm angezogen und würde sicher nicht erfrieren. Dennoch würde er lieber täglich zu ihr fahren und nach dem Rechten sehen, nahm sich Brian vor.

Er machte sich auch Gedanken um die Wölfe – »seine« Wölfe. Er wusste, sie waren dort oben. Als er vorhin mit Lindsay um das Haus gelaufen war, hatte er Wolfsspuren gesehen, es aber für sich behalten. Er hatte keine Ahnung, wie die Frau aus der Stadt reagieren würde, wenn sie einen Wolf sah. Bei seiner Warnung, kurz bevor er wegfuhr, hatte es sich angehört, als habe sie vor Schreck nach Luft geschnappt. Wahrscheinlich hatte sie Angst vor allen wilden Tieren. Oder aber sie gehörte zu der anderen, noch gefährlicheren Spezies der Intellektuellen von der Ostküste – den »Wolfskuschlern«. Die wollten am liebsten jeden Wolf umarmen, so wie ihre Bäume. Ihre romantischen Vorstellungen von Natur entsprachen überhaupt nicht der Realität. Wölfe und Bären waren für sie nur Kuscheltiere, Heilige, die nie etwas Böses taten.

Dabei hatte er schon oft genug gesehen, was die großen Raubtiere anrichten können. Mehr als einmal war er zu Farmern gerufen worden, in deren Schafsherden Wölfe eingebrochen waren. Früher, als die Wölfe noch geschützt waren, hatte man ihn gerufen, damit er ein Gutachten abgab und die Formulare für die Entschädigung ausfüllte. Er hatte versucht, mit den Besitzern zu reden und ihnen Möglichkeiten zu zeigen, wie sie ihre Tiere schützen konnten: Elektrozäune, Herdenschutzhunde. Aber das interessierte die wenigsten.

»Das ist mein Land«, hatte Chuck Wyman, einer der größten Schafzüchter von Montana, ihn angebrüllt, als Brian zu ihm kam, um ihn für den Verlust von zweiundzwanzig Schafen zu entschädigen. »Ich will keine Zäune oder Hunde. Und ich lasse mir weder von dir noch von diesen verdammten Idioten in Washington sagen, was ich auf meinem Land tun darf oder nicht. Jetzt kümmere ich mich selbst darum.« Mit hochrotem Gesicht war er auf sein Pferd gestiegen, an dessen Sattel in einer Hülle ein Gewehr steckte. Kurze Zeit danach wurden fast wöchentlich erschossene Wölfe gefunden. Nachweisen konnte Brian niemandem etwas. Wenn er der Regierung einen Verdacht meldete, verliefen die Untersuchungen meist im Sande. Keinen schien es zu interessieren, was mit den Wölfen geschah. Montana war Ranchland, die Schaf- und Rinderlobby war übermächtig und allgegenwärtig. Sie kontrollierten alles und spielten Gott. Für ein paar Wölfe würden sie ihre Art zu leben nicht ändern.

Schließlich übertrug die US-Regierung das Management der Wölfe dem Staat Montana und besiegelte damit ihr Schicksal. Der Gouverneur gab die Tiere sofort für die Jagd frei und erteilte sich selbst als Erstem eine Abschussgenehmigung. Er legte Jagdzeiten und Quoten so fest, dass Wölfe fast ganzjährig geschossen und in Fallen gefangen werden durften.

Brian hasste diese Regulierung. Er mochte die großen Beutegreifer. Zwar würde er sich bestimmt niemals selbst als »Wolfskuschler« bezeichnen, aber das hochdifferenzierte Sozialsystem der Tiere rang ihm höchsten Respekt ab. Und wie wichtig sie für das Ökosystem waren, konnte er tagtäglich bei seiner Arbeit erleben. Die Wölfe hielten zum Beispiel die Hirschpopulationen im Zaum und verhinderten so, dass die Pflanzenfresser die frischen Triebe der jungen Bäume abknabberten und den Wald schädigten. Aber auch dies waren keine Argumente für die Wolfshasser. Sie wollten den Erzfeind tot sehen. Und so lockten sie nunmehr gezielt Wölfe aus dem Nationalpark, indem sie die Köder direkt hinter den Parkgrenzen ablegten. Oder sie stellten ihre Funkempfänger auf die Frequenzen der Radiohalsbänder der Tiere ein. Verließen diese dann das geschützte Gebiet, trafen sie die Kugeln der Jäger.

Für Brian war dies kein waidmännisches Verhalten. Er war selbst Jäger, aber er tötete, um zu essen. Der Hirsch, den er sich alljährlich für die Kühltruhe schoss, hatte bis zuletzt ein glückliches Leben gehabt. Was Brian verabscheute, war die Trophäenjagd und ganz besonders die Jagd zum Vergnügen oder aus purem Hass.

Vor fast genau einem Jahr hatte er ein Erlebnis gehabt, das seinem Leben eine drastische Wendung gegeben hatte. Er war mit Kollegen in der Double-K-Bar in West Yellowstone verabredet gewesen. Die Arbeit hatte ihn aufgehalten, und so war er erst spät am Lokal eingetroffen. Vor der Tür standen drei Motorschlitten, auf die insgesamt sieben toten Wölfe gebunden waren. Selbst Jungtiere waren dabei, fast noch Welpen. Brian betrachtete sie lange Zeit fassungslos. Wer tat so etwas? Angewidert betrat er die Bar. Dort begossen die Jäger ihren Erfolg mit reichlich Bier und prahlten mit ihren Heldentaten. Brian sah rot und stürzte sich auf einen von ihnen. Er packte ihn am Hemdkragen und drückte ihn gegen die Wand.

»Sehr mutig, Welpen zu erschießen, du Idiot!«, brüllte er ihn an. Der Angegriffene grinste breit und schlug mit der Faust zu. Seine adrenalingepuschten Freunde stürzten sich ins Getümmel, und im Nu war eine kräftige Prügelei im Gange, flogen Stühle und Gläser. Erst Brians Kollegen gelang es, die Streithähne zu trennen.

Als sein Versuch, die Jäger bei der Wildbehörde anzuzeigen, mit dem Hinweis auf die legale Wolfsjagd abgeschmettert wurde, war er kurz davor, alles hinzuwerfen und sich wieder in die Wälder zurückzuziehen. Da fiel ihm der Metallkoffer in seinem Versteck ein. Wenn er die Wolfsjäger schon nicht auf legalem Weg am Töten hindern konnte, dann würde er es eben auf seine Weise tun.

Von nun an wurde aus dem Forest Ranger, der tagsüber seinen Pflichten nachging, nachts ein »Wolfskrieger«. Er legte sich im Wald auf die Lauer und wartete, bis die Jäger ihre Fallen gestellt hatten und verschwunden waren. Dann stöberte er die Tretfallen auf und machte sie unbrauchbar, indem er sie mit einem Ast zuschnappen ließ und nach Möglichkeit auch den Mechanismus zerstörte. Fand er einmal ein Tier in einer Falle, betäubte er es mit Hilfe seiner Ausrüstung, die er in seinem Metallkoffer ständig bei sich trug, und befreite es. So rettete er nicht nur manchem Wolf, sondern auch zahlreichen Adlern, Kojoten, Ottern und anderen Wildtieren, die in Fallen geraten waren, das Leben. Die Opfer, die er nicht retten konnte, begrub er, damit die Jäger nicht die Felle bekamen. Die Betäubungsinjektionen ließ er sich von Jeff besorgen, einem Freund und Kollegen, der noch in Arizona arbeitete. Als er Jeff anvertraute, wie er in Montana versuchte, Wölfe zu retten, war der sofort Feuer und Flamme. Er bot ihm an, die Mittel aus Mexiko mitzubringen.

»Ich hab eine Freundin in Nogales, die ich regelmäßig besuche. Dort bekommst du alles. Der Zoll kontrolliert nur auf harte Drogen. Ein paar Betäubungsspritzen fallen nicht auf.«

Brian wusste, dass das, was er tat, illegal war und er dafür nicht nur seinen Job verlieren, sondern sogar ins Gefängnis kommen konnte. Schlimmer noch war das, was ihm blühte, wenn ihn die Jäger erwischten, die inzwischen mitbekommen hatten, dass jemand ihre Fallen sabotierte.

Und nun war die Journalistin in der Hütte und gefährdete seine geheime Arbeit. Was, wenn Lindsay sich langweilte, herumschnüffelte und dabei herausfand, was er tat, und darüber einen Artikel schrieb? Sie würde eine solche Story kaum für sich behalten können. Selbst wenn sie keine Details nannte, konnten Insider schnell herausfinden, über wen sie schrieb. Er hatte erlebt, welche Konsequenzen es haben konnte, wenn man mit allzu neugierigen Reportern sprach.

Und nicht auszudenken, was geschehen würde, wenn sie in eine noch nicht entschärfte Falle trat. Abgesehen von dem Aufwand, den er hätte, um sie zum Arzt zu bringen, und dem Papierkram, der folgen würde, wollte Brian nicht, dass die hübsche Frau sich verletzte. Besser, er behielt sie während ihres Aufenthaltes im Auge.

Kapitel 18

Die ersten Sonnenstrahlen fielen auf den Dielenboden der Cabin, als Lindsay erwachte. Sie fühlte sich frisch und ausgeruht. Vorsichtig schob sie die Nasenspitze aus dem Schlafsack heraus. In der Hütte war es noch warm. Das letzte Holzstück, das sie gestern Abend aufgelegt hatte, glühte noch. Sie füllte Nachschub in das Ofenloch und zog sich schnell an. Mit einem tiefen Knurren meldete sich ihr Magen.

Croissants und Cappuccino, darauf hatte sie jetzt Lust. So frühstückte sie in New York. Aber sie war nicht in New York, sondern in einer einsamen Blockhütte in Montana. Ihr Essen musste sie sich erst erarbeiten. Sie seufzte tief und griff nach dem Plastikkanister, um Wasser zu holen. Noch schlaftrunken trat sie vor die Tür – und erstarrte. Vor ihr entfaltete sich das dramatische Panorama von Big Sky Country. Die Gipfel der Berge reichten bis in den Himmel, der in diesem Augenblick begann, sich vom Gelb-Orange des Sonnenaufgangs in ein helles Blau zu verwandeln. Lindsay stand regungslos und hielt ehrfürchtig den Atem an. Die Schönheit der Landschaft um sie herum hatte sie im gestrigen Durcheinander der Anreise gar nicht wahrgenommen. Erst als die morgendliche Kälte durch ihre Kleidung drang, erwachte sie aus der Faszination.

Sie stellte den Wasserbehälter ab und schnappte sich die Schneeschaufel. Sorgfältig schippte sie einen schmalen Weg von der Hütte bis zum Außenklo. Der kleine Bretterverschlag war mit einer Tür verschlossen. Sie schob den einfachen Holzriegel zurück und öffnete sie. Was sie sah, war ihr vertraut: grob gezimmerter Holzsitz mit Toilettenbrille, Haltegriff und eine alte Kaffeedose mit Deckel für die Klopapierrolle darin. Das sollte verhindern, dass Mäuse das Papier für ihre Nester verwendeten und überall verstreuten. Die Hinterlassenschaften wurden einmal jährlich vom Parkservice mit speziellen Fahrzeugen abgesaugt und entsorgt. Wie das in diesem unwegsamen Gelände gehen sollte, war ihr allerdings ein Rätsel. Sie nutzte die Gelegenheit, hockte sich auf das Klo und ließ die Tür offen. Was wohl Dan zu einer solchen Aussicht sagen würde?

Verdammt! Schon wieder dachte sie an Dan. Nur war sie jetzt nicht mehr ganz so wütend auf ihn. Seine Eltern wollten, dass er sich mit Anne verlobte. Sicher übten sie Druck auf ihn aus. Wahrscheinlich tat es ihm schon leid, sie verlassen zu haben. Darum hatte er ihr auch die vielen Nachrichten auf dem Handy hinterlassen, die sie dumme Kuh ungelesen gelöscht hatte. Ob vielleicht doch noch alles gut werden würde?

Sie wusch sich die Hände im Schnee und griff nach dem Plastikkanister. Der kleine Bach gurgelte zwischen Felsen, die Schneehauben trugen, und schlängelte sich den Berg hinunter. An einer Stelle, an der das Wasser über einen größeren Stein schoss, hielt sie die Öffnung unter den Schwall und füllte den Behälter. Zufrieden mit sich und stolz auf ihr erstes selbstgezapftes Trinkwasser stapfte sie zur Hütte zurück, stellte den Kanister vor der Tür ab und griff nach dem Topf, den sie gestern hatte fallen lassen. Jetzt musste sie über ihre Angst lachen, die ihr im hellen Sonnenlicht albern erschien. Ein paar Schritte neben der Terrasse schaufelte sie mit beiden Händen Schnee hinein, bis er sich hoch im Topf aufhäufte. Sie wollte sich gerade umdrehen und zur Cabin gehen, als sie ein langgezogener Ton in der Nähe herumfahren ließ. Aouuuuuu! Und weiter entfernt ein anderes Aouuuuuu, dessen melodischer Klang mehrfach von den schroffen Felswänden zurückgeworfen wurde.

Lindsay erstarrte. Wölfe! Ein ganzes Rudel. Mindestens zwanzig Tiere, so, wie es klang. Sie hatten sie entdeckt und rotteten sich zusammen. Jetzt sah sie auch die gewaltigen Pfotenspuren überall im Schnee, denen sie vorhin noch keine Bedeutung beigemessen hatte. Und sie erinnerte sich an die gestrige gelbe Markierung auf dem Weg.

Mit drei Sätzen hatte Lindsay die Cabin erreicht, Topf und Wasser hineingezogen und die Tür hinter sich zugeschlagen. Schwer atmend lehnte sie sich an die Wand. Als sie nichts mehr hörte, schlich sie vorsichtig zum Fenster und schaute hinaus. Nichts. Die Sonne malte friedliche helle Flecken zwischen die Schatten der hohen Bäume in den Schnee. Ein paar Spuren zogen an der Cabin vorbei, sie waren jedoch nicht richtig zu erkennen. Dazu hätte sie hinausgehen und sie sich genauer anschauen müssen.

Lindsay löste sich aus ihrer ängstlichen Erstarrung und stellte den Topf mit dem Schnee auf die Ofenplatte. Dann setzte sie sich aufs Bett und dachte nach. An der Ostküste gab es keine Wölfe, weder in Pennsylvania, wo sie groß geworden war, noch in New York. Sie kannte die Raubtiere nur aus Zoos. In einem Zoo hatte sie einmal eine Beißerei unter Wölfen erlebt, die sie völlig aus der Fassung gebracht hatte. Danach schwor sie sich, nie wieder Tiere in Gefangenschaft anzuschauen. Als sie Dan davon erzählte, hatte er sie ausgelacht und ihr erklärt, man brauche Zoos, um Menschen und insbesondere Kindern wilde Tiere zu zeigen. Lindsay mochte solche Diskussionen nicht. Wahrscheinlich hatte er sogar recht. Aber dennoch sagte ihr Inneres, dass die Gehegetiere litten. Sie hatte nie den Blick vergessen, den ihr der kleine, aus vielen Wunden blutende Wolf zugeworfen hatte: stille Verzweiflung.

Später, zu Hause, hatte sie im Internet recherchiert. Auf Seiten wie EndZOO oder PETA erfuhr sie viel über die meist schlechten Haltungsbedingungen und das unnatürliche Verhalten von Zootieren. Das Thema faszinierte sie, so dass sie beschloss, eine Reportage darüber zu schreiben. Aber als sie ihrem Chef den Vorschlag machte, winkte der ab.

»Alter Hut. Interessiert keinen. Die Leute wollen ihren Kindern die süßen Tiere im Zoo zeigen – besonders exotische Tierbabys – und keine Miesmacherei lesen.«

Und so war der Artikel mitsamt der Recherche in einer Datei abgelegt worden und in Vergessenheit geraten.

Jetzt saß sie hier, mitten in der Wildnis, umzingelt von heulenden, hungrigen Wölfen. Keine Zäune oder Gitter, die sie schützten. Mit einem Mal musste sie lächeln. So ein Quatsch. Sei realistisch!, schalt sie sich. Du weißt aus all deinen Recherchen, dass Wölfe keine Menschen angreifen. Sie haben Angst vor uns. Glaubst du, sie haben auf eine kleine New Yorker Journalistin gewartet, um sie zu zerreißen und zu fressen? Sie kicherte und nahm sich vor, nach dem Frühstück mutig wieder nach draußen zu gehen und die Spuren zu untersuchen. Zu dumm, dass sie ihre Fotoausrüstung zu Hause gelassen hatte. Das wäre doch vielleicht einen Artikel wert gewesen.

Ein weiterer Blick nach draußen in die weiße Stille beruhigte sie vollends. Sie stand auf und begann mit der Frühstückszubereitung. Der Gaskocher zündete sofort auf Knopfdruck. Brian hatte gesagt, dass sie mit einer Gaskartusche etwa sechs Stunden kochen könne. Ein Reservevorrat von fünf Kartuschen lag im Regal. Lindsay setzte einen kleinen Topf Wasser für Kaffee auf und füllte zwei Löffel Pulverkaffee in die große Porzellantasse, die sie von einem Haken an der Wand nahm.

In eine Plastikschale gab sie Haferflocken, übergoss sie mit heißem Wasser und streute braunen Zucker darüber. Inzwischen war der Schnee im Topf auf dem Ofen zusammengesackt, das Schmelzwasser füllte etwa ein Viertel des Gefäßes. Lindsay ahnte, dass ihr Aufenthalt hier draußen in der Einsamkeit deutlich arbeitsintensiver sein würde, als sie es sich vorgestellt hatte. Nach einem vorsichtigen Blick ins Freie sprang sie aus der Hütte, schaufelte frischen Schnee in einen Plastikeimer und füllte damit den Topf auf dem Ofen erneut auf. Dann legte sie ein weiteres Stück Holz auf das Feuer, bevor sie sich endlich mit ihrem Haferbrei und dem Kaffee im Schneidersitz auf dem Bett niederließ, um zu frühstücken.

Sie griff nach dem Reader, der neben dem Kopfkissen lag, und blätterte durch die vielen E-Books, die sie geladen hatte. Welches sollte sie zuerst lesen? Dann aber schaltete sie ihn wieder aus. Sie hatte einfach keine Lust, sich abzulenken. Sie war hierhergekommen, um über die vergangenen Tage nachzudenken und zu überlegen, wie es weitergehen sollte. Die Ruhe und die Natur würden ihr dabei helfen. Während sie sich mit dem Rücken an die warmen Holzbalken lehnte und in kleinen Schlückchen den heißen Kaffee trank, schloss sie die Augen und atmete die Stille ein, die sich bis in ihre Zehenspitzen ausbreitete und sie völlig entspannen ließ.

Dann schlug sie ihr Tagebuch auf und las den ersten Satz: »Heute habe ich im Aufzug einen faszinierenden Mann getroffen …«

Lindsay schmunzelte. Sie hatte sich Hals über Kopf in Dan verliebt. Ihm war es wohl ebenso ergangen. In täglichen Eintragungen berichtete sie von ihrem gemeinsamen Leben, wie glücklich sie waren und welche Hoffnungen sie für die Zukunft hatten. All dies hatte sie aufgeschrieben. Fast jeder Eintrag endete mit: »Ich liebe ihn so sehr!«

Als sie dies jetzt las, wurde Lindsays Herz schwer vor Sehnsucht. Beim Weiterlesen fiel ihr jedoch etwas auf, das sie bisher so nicht bemerkt hatte. Dan hatte es stets vermieden, sie zu seinen Eltern mitzunehmen oder sie in seine Wohnung einzuladen. Nur das Büro in Manhattan hatte er ihr einmal an einem Sonntagabend gezeigt, als niemand mehr dort war. Kam sie gelegentlich in die Kanzlei, um ihn zum Essen abzuholen, beeilte er sich, schnell mit ihr die Räume zu verlassen. Einmal war sein Vater gekommen, als sie Dan abholte. Der mit seinen schlohweißen Haaren noch immer sehr attraktive Anwalt schaute seinen Sohn fragend an, dem nichts anderes übrigblieb, als sie beide vorzustellen: »Lindsay, das ist mein Vater.«

»Dad, das ist Lindsay Griffin, Reporterin vom New York Chronicle.«

Das klang alles sehr geschäftlich und unpersönlich. Er hatte es später mit der Eile entschuldigt, in der er sich befand.

Während sie weiter im Tagebuch blätterte und die Einträge las, schossen ihr wieder Tränen in die Augen. Manchmal war ihm herausgerutscht, dass er mit seinen Eltern zum Abendessen verabredet war oder dass sie einen Empfang gaben. Er fragte sie nie, ob sie mitkommen wolle. Sie hatte geglaubt, er brauche noch ein wenig Zeit, um sich ganz zu ihr zu bekennen. Sie gehörte nicht zu seinem Milieu. Ihr war das egal, sie hätte sich auch in einen einfachen Arbeiter verliebt. Aber Dan schien damit Probleme zu haben.

»Ich werde auf ihn warten. Es wird alles gut« hatte sie immer öfter geschrieben, als ob sie selbst Bestätigung für ihre Hoffnung suchte. Wie hatte sie nur so dumm sein können? Nie war sie gut genug für ihn gewesen. Sie, die kleine Reporterin. Nicht einmal ihren Romanentwurf hatte Dan lesen wollen. Für ihn zählten stets nur die Besten, Bekanntesten und Reichsten.

»Schreiberlinge«, wie er sie nannte, jagten nur irgendwelchen Träumen nach.

»Na und?«, hatte Lindsay gesagt. »Was ist so schlimm daran, ein Träumer zu sein? Viele berühmte Schriftsteller waren Träumer, aber auch Mozart und Dalí hatten Visionen und haben wunderbare Werke geschaffen.« Sie redete sich in Rage.

»Dann bin ich eben eine Träumerin. Und ich bin

stolz darauf.« Hochrot stampfte sie zur Bekräftigung mit dem Fuß auf.

Dan hatte sie lachend zu sich herangezogen und leidenschaftlich geküsst.

»Du bist bezaubernd, wenn du so wütend bist.« Er wusste, wie er sie besänftigen konnte.

Lindsay schlug mit der Faust auf die gelesenen Seiten ihres Tagebuches, riss sie heraus, öffnete den Ofen und warf sie hinein. Mit einer Mischung aus Wut und Verzweiflung schaute sie dem Feuer zu, das von ihrer Vergangenheit gespeist wurde.

Plötzlich hatte sie das seltsame Gefühl, nicht mehr allein zu sein. Sie richtete sich auf und lauschte angestrengt. Kein Laut durchdrang die Stille des Waldes und der Cabin. Dennoch ließ sie der Eindruck nicht los, dass etwas nicht stimmte. Sie drehte sich um und hielt den Atem an. Alles, was sie hörte, war das Trommeln ihres Herzschlags. Sie richtete ihre Aufmerksamkeit wieder auf das Tagebuch und las weiter. Sie wurde immer wütender. Allmählich erkannte sie, wie schlecht Dan sie behandelt hatte, und ihr fielen warnende, gutgemeinte Ratschläge oder Hinweise von Freunden ein, auf die sie nie hatte hören wollen.

»Lass dir noch ein wenig Zeit«, hatten ihre WG-Mitbewohner gesagt. Aber Liebesrausch und rosa Brille machten Lindsay taub und blind. Sie schlug alle Warnungen in den Wind und ließ ihre Freunde traurig zurück. Wieder flogen ein paar Seiten ins Feuer. Dabei unterdrückte sie ein Schluchzen.

Da – ein Geräusch! Jetzt hörte sie es deutlich. Etwas hatte sich draußen im Schnee bewegt. Lindsay drehte sich blitzschnell um. Eine Bewegung am Fenster. Sie rührte sich nicht und hielt den Atem an, die Augen fest auf das Fenster gerichtet. Ganz langsam schob sich etwas Dunkles vor das Glas. Ein Ohr, das nervös zuckte, und ein gelbes Auge. Das halbe Gesicht eines Wolfes bewegte sich von der Seite in ihr Blickfeld. Lindsays Augen wurden riesig – ebenso wie die des Tieres. Eine Schreckenssekunde lang schienen beide zur Salzsäule erstarrt. Dann wurde die Spannung zu groß. Lindsay sprang auf und warf den Stuhl polternd um, der Wolf machte einen Satz von der Schneewehe zurück, verlor das Gleichgewicht, rutschte den Hügel hinunter und verschwand aus ihrem Blickfeld.

Instinktiv reagierte Lindsay. Sie schnappte sich die Axt, die neben dem Ofen stand, und hielt sie hoch erhoben. Mit der anderen Hand griff sie nach dem Feuerlöscher, der an der Tür lehnte. So bewaffnet stand sie wie John Wayne, bereit, alles Böse dieser Welt zu bekämpfen. In Zeitlupe, jeden Schritt abfedernd, schlich sie zum Fenster und schaute hinaus. Nichts zu sehen. Vielleicht war der Wolf in den Wald geflohen. Sicher sogar. Sie ließ die Arme sinken und stellte den Feuerlöscher zurück an seinen Platz. Den Griff der Axt fest umklammernd, zog sie mit heftig pochendem Herzen die Holztür einen Spalt auf. Es stürzte weder der Himmel ein, noch fiel ein Rudel blutrünstiger Wölfe über sie her. Vorsichtig öffnete sie die Tür ein Stück weiter und trat auf die Schwelle. Sie schaute sich um. Beim Fenster hatte der Sturz des Wolfes eine kleine Senke in der Schneewehe hinterlassen. Spuren führten zum Wald. Mit den Augen folgte sie ihnen. Und dann sah sie ihn.

Kapitel 19

Der Wolf stand reglos neben einer dunklen Fichte. Fast verschmolz er mit dem Baumstamm. Ruhig blickte er sie an. Sein Atem zog in hellen Wolken in den Wald, die Schwanzspitze wedelte leicht. Er bewegte sich nicht und beobachtete sie nur. Langsam beruhigte sich Lindsay. Sie ließ die Axt aus der Hand an den Türrahmen gleiten und bestaunte das wilde Tier, das weniger als zehn Meter von ihr entfernt stand. Er erinnerte sie an den Schäferhund, mit dem sie aufgewachsen war: Jake. Nur war der Kerl hier deutlich größer. Nach einer endlos erscheinenden Weile setzte sich der Wolf hin, weiterhin den Blick fest auf Lindsay gerichtet.

Sie hatte keine Ahnung, was sie nun tun sollte, und war hin- und hergerissen zwischen ihrer Angst und der Bewunderung für das Tier. Zum ersten Mal stand sie einem wilden Wolf gegenüber. Weder ein Wassergraben noch Gitterstäbe trennten sie von dem Tier, das sie ruhig anblickte. Der Wolf schien ihr nichts tun zu wollen. Vielleicht hatte er genauso viel Angst vor ihr wie sie vor ihm. Wie konnte sie ihm begreiflich machen, dass sie keine Gefahr für ihn war? Wie verhielt man sich überhaupt einem wilden Tier gegenüber?

Als sie für einen ihrer Artikel recherchiert hatte, war sie auf einen Satz gestoßen, der sich in ihr Gedächtnis eingebrannt hatte: Du kannst keinem wilden Tier davonlaufen. Ob Wolf, Bär oder Elch, sie sind alle schneller als ein Mensch. Sie hatte gelesen, dass man ruhig bleiben und sich langsam zurückziehen solle, um dem Tier Gelegenheit zu geben, sich zu entfernen.

Aber dieser Wolf hatte offensichtlich nicht die Absicht, sich zu entfernen. Statt bei ihrem Auftauchen wegzulaufen, wie es wilde Wölfe eigentlich tun sollten, blieb er sitzen. Das war ungewöhnlich. War er allein? Wartete im Wald sein Rudel? Warum war er hier, und was wollte er von ihr? War er etwa krank? Hatte er Tollwut? Aber dann hätte er nicht so gesund ausgesehen mit seinem glänzenden Fell. Und er hätte sie sicher schon längst angeknurrt.

Das Tier, das vor ihr saß, war nicht böse. Es sah aus wie …

»Jake?«, fragte sie leise. Kurz dachte sie, dass Jake zu ihr zurückgekommen war – in Gestalt eines Wolfes.

Verrückt, sagte sie zu sich selbst. Jetzt halluziniere ich schon. Aber mit dem Gedanken an Jake hatte der Wolf seinen Schrecken verloren. Sie wurde mutiger.

»Hey, Wolf«, begann Lindsay. Sie sprach sanft und leise, um ihn nicht zu erschrecken, und machte lange Pausen, damit er sich an ihre Stimme gewöhnen konnte. »Keine Angst, ich tu dir nichts. Und ich hoffe, dass du mir auch nichts tust. Du bist wunderschön. Ich habe noch nie ein so schönes Tier wie dich gesehen.« Immer weiter redete sie, erzählte ihm von Jake, ihrem Schäferhund und Kindheitsfreund, und von den langen gemeinsamen Spaziergängen. Der Wolf zuckte mit den Ohren und neigte den Kopf zur Seite. Er hörte zu. Dann ließ er sich in den Schnee sinken, die Schnauze auf die ausgestreckten Vorderpfoten gelegt, und beobachtete sie.

Lindsay spürte Tränen aufsteigen, diesmal Tränen des Glücks und der Ergriffenheit. Sie sprach tatsächlich mit einem wilden Tier, noch dazu mit einem, das für viele immer noch der Inbegriff des Bösen war. Aber sie hatte keine Angst mehr. Langsam rutschte sie mit dem Rücken am Türrahmen herunter und setzte sich auf die Schwelle. Bei dieser Bewegung hob der Wolf kurz den Kopf und blickte sie aufmerksam an. Er war riesig. Sie konnte sehen, wie sich das Fell um seine breite Brust hob und senkte, wenn er atmete. Ein Sonnenstrahl glitt über ihn und umfloss ihn wie eine goldene Aura. Wie ein Geisterwolf lag er vor ihr, überirdisch schön.

»Warum bist du hier, Wolf?«, flüsterte sie leise, mehr zu sich selbst als zu ihm. Seine Augen schienen durch sie hindurchzusehen und tief in ihr Innerstes einzudringen. Es war, als ob er mit ihr kommunizieren würde. Wollte er ihr etwas sagen?

Dann – in Zeitlupe – hob er den Kopf in den Nacken und begann zu heulen. Erst ein sanfter, melancholischer Hauch, der zu einem kräftigen Ton anwuchs. Lindsay fröstelte. Es war wie ein klagender, herzzerreißender Schrei. Bevor sein Heulen von der Stille der Berge verschluckt wurde, tönte in der Ferne eine Antwort, leise, in einem hohen Ton, wie das Klingen eines Windspiels. Der Wolf hatte es gehört. Seine schwarze Schwanzspitze bewegte sich leicht. Dann setzte er sich auf und lauschte.

Als er mit einem Satz aufsprang, schreckte Lindsay auf. Sie erhob sich und warf einen kurzen Blick auf die Axt, die neben ihr an den Türrahmen gelehnt stand.

Der Wolf lief ein Stück auf sie zu, blickte sie an und über seine Schulter zurück in den Wald. Lindsay beobachtete ihn. Leise winselte das Tier. Dann machte er ein paar vorsichtige Schritte auf sie zu, den Schwanz ängstlich unter den Bauch geklemmt. Es kostete ihn große Überwindung, sich ihr zu nähern. Um das zu erkennen, musste man kein Experte sein. Sein Blick war intensiv, schien sich in sie hineinzubohren. Der Schwarze lief zurück zum Wald, blieb stehen und drehte sich um.

»Was willst du von mir?«, fragte Lindsay. Ein Winseln und ein kurzes Bellen, tänzelnde Schritte auf sie zu und zurück zum Wald. Jake hatte sich so verhalten, wenn er sie zum Spielen aufforderte.

»Ich verstehe dich nicht.« Lindsays Stimme bekam einen verzweifelten Klang. »Willst du mir was zeigen?«

Große Güte, dachte sie, das war kein Hund, der apportierte. Das war ein wilder Wolf, der mit ihr kommunizierte! So etwas gab es nicht. Und dennoch stand da dieses Raubtier am Waldrand und schien sie offensichtlich dazu bringen zu wollen, ihm zu folgen.

»Warte einen Moment.« Lindsay ging zurück in die Hütte und zog sich Stiefel und eine warme Jacke an. Als sie wieder vor die Tür trat, sah sie, dass der Wolf abwartend stehen geblieben war und nun ein paar Schritte auf sie zumachte. Er schien aufgeregt zu sein. War es das? Wollte er tatsächlich, dass sie ihm folgte? Lindsay stapfte hinter das Haus und holte die Schneeschuhe aus dem Holzschuppen. Sie hatten eine einfache Bindung, die sie nur zuschnallen musste. Als sie nach den Stöcken griff, die an die Wand gelehnt waren, überlegte sie einen kurzen Augenblick, dass sie jetzt keine Hand mehr frei hatte, um sich zu verteidigen. Dann schüttelte sie die Bedenken ab und zog die Tür des Blockhauses hinter sich zu. Der Wolf brauchte offenbar ihre Hilfe.

Entschlossen stolperte sie dem Tier hinterher, das immer wieder anhielt und auf sie wartete. Der Wald wurde dichter. »Was hab ich mir bloß dabei gedacht?«, murmelte sie. Na, wenigstens würde sie zu Hause wieder Material für einen Artikel haben: »Der Wolf und ich« oder »Wie ich dem Wolf folgte«. In Gedanken versunken stolperte sie über eine Wurzel und fiel der Länge nach hin. Als sie ihr Gesicht aus dem Schnee erhob, sah sie den Wolf dicht vor sich stehen. Er hatte den Kopf leicht zur Seite geneigt und schien sich über das tollpatschige Wesen im Schnee zu wundern. Erschrocken fuhr sie hoch und rappelte sich mit Hilfe der Stöcke wieder auf. Weiter ging es. Mühsam kletterte sie über umgefallene Bäume und schob tiefhängende Äste beiseite, deren Schneelast ihr in den Kragen fiel. Noch mehrmals stieg sie sich auf die Schneeschuhe und fiel hin. Ihr Knöchel schmerzte, und die Beine wurden immer schwerer. Keuchend sank sie auf die Knie und schloss erschöpft die Augen. Sie konnte nicht mehr.

Als sie sie wieder öffnete, sah sie wenige Meter vor sich die Umrisse eines Tieres. Dort lag ein heller, fast weißer Wolf. Er war kleiner, zierlicher, vermutlich ein Weibchen. Lindsay stand auf und klopfte sich mit langsamen Bewegungen den Schnee aus Kleidern und Haaren. Die Wölfin starrte sie mit schreckensweiten Augen an, die Ohren flach an den Kopf gelegt. Sie zog die Lefzen zurück und entblößte eine Reihe perlweißer Zähne.

Zentimeter für Zentimeter bewegte sich Lindsay auf

sie zu. Jetzt sah sie auch, warum die Wölfin nicht geflüchtet war. Ihr Vorderlauf hing in einer Falle fest. Offensichtlich war sie auf ein Tellereisen getreten, dessen Stahlzähne sich beim Zuschlagen in ihr Bein gebohrt hatten. An dem Eisen hing eine Kette mit einem Anker, der sich um ein paar Wurzeln geschlungen hatte. Die Spuren im Schnee zeigten, dass die Wölfin, nachdem sie in die Falle getreten war, versucht hatte fortzulaufen. In ihrer Panik hatte sie das Eisen hinter sich hergezogen, bis sich der Anker verhakte und sie endgültig festhielt. Das Bein der Wölfin und der Schnee, wo sie lag, waren mit gefrorenem Blut verkrustet. Armes Ding, dachte Lindsay und stand hilflos vor der Wölfin, die versuchte, sich unsichtbar zu machen, indem sie sich so flach wie möglich auf den Boden drückte. Der Schwarze war zu seiner Gefährtin gelaufen und leckte ihr zärtlich die Schnauze. Wie um ihr Schutz zu geben, legte er sich dicht neben sie. Er schaute Lindsay an. Tu was!, schienen seine Augen zu flehen.

Lindsay rannen Tränen über das Gesicht. Mitleid mit der verletzten Wölfin ergriff sie. Sie war schockiert und ratlos. Was sollte sie tun? Die große Falle würde sie nicht allein öffnen können – vorausgesetzt, die Wölfin ließ sie überhaupt so nah an sich heran. Vor dem Schwarzen fürchtete sie sich nicht mehr. Er würde ihr nichts tun, hatte er sie doch hierhergeführt, damit sie ihm hilft.

»Was haben sie dir bloß angetan?« Leise sprach sie auf die Wölfin ein. Für einen langen Augenblick hielt das Tier sie mit dem Blick seiner gelben Augen fest. Lindsay schaute in die Welt einer wilden Wölfin, so nah, wie ein Mensch nur kommen konnte.

Dann erinnerte sie sich daran, wie Brian ihr von den Fallenstellern erzählt hatte. Wenn die sie zuerst finden, töten sie sie und den Schwarzen gleich noch dazu, dachte sie entsetzt. Wie konnte sie ihnen nur helfen?

Das Notfall-Funkgerät! Sie besann sich auf Brians Beschreibung der verlassenen Ranger-Station.

Sie drehte sich um und lief, so schnell sie konnte, den Weg zurück, den sie gekommen war.

Kapitel 20

Verzweifelt bahnte sich Lindsay einen Weg durch den Wald zurück zur Hütte. Das Adrenalin, das durch ihren Körper schoss, verschaffte ihr neue Kraft und Geschwindigkeit. Sie erreichte die Beaver Creek Cabin und bog nach Norden ab. Jetzt orientierte sie sich an den Bäumen mit den roten Kreuzen und folgte Brians Schneemobilspur. Auf dem glatten Schnee lief es sich viel leichter. Nach einer gefühlten Ewigkeit sah sie die kleine, dunkle Blockhütte auf einer Lichtung. Sie war das fast identische Abbild ihrer eigenen wilden Behausung. Aus dem Kamin kräuselte sich eine Rauchfahne. Hatte Brian nicht gesagt, die Rangerstation sei verlassen? Umso besser, dann konnte ihr jemand helfen. Sie rannte zur Hütte, riss sich die Schneeschuhe von den Füßen und trat mit den Kappen ihrer Schuhe mehrmals kurz gegen die erste Stufe, die zur kleinen Veranda führte, um den Schnee abzuklopfen. Dann stapfte sie zur Tür und wollte die Faust heben, um anzuklopfen, als von drinnen eine Stimme erklang: »Komm rein, Lindsay!«

Eine Sekunde lang stutzte sie. Woher wusste …? Doch die Erinnerung an die verletzte Wölfin im Wald ließ sie weitere Überlegungen vergessen. Sie stolperte in die Hütte.

Eine wohlige Wärme umfing sie. Im Holzofen knisterte das Feuer, eine Petroleumlampe tauchte den Raum in goldenes Licht. In einem Schaukelstuhl saß ein alter Mann und winkte ihr zu. »Komm rein, und mach die Tür zu.« Lindsay entschuldigte sich für ihre Nachlässigkeit und schloss die Tür. Der Mann hatte die Arme vor der Brust verschränkt und eine halb liegende Position eingenommen, die Füße mit den mächtigen Winterstiefeln auf dem Tisch. Er trug die grünen Winterhosen einer Rangeruniform und ein rot-schwarz kariertes Flanellhemd.

Das Gesicht mit dem weißen, dichten Vollbart kam Lindsay bekannt vor. Die blauen Augen blickten sie freundlich an. Mit einem Ächzen erhob sich der Mann und ging mit ausgestreckter Hand auf sie zu.

»Claus«, stellte er sich vor, »Senior Ranger.«

»Lindsay.« Aber das wusste er ja schon … nur woher? Vielleicht sprachen sich hier Neuigkeiten schnell herum, oder es gab ein geheimes »Buschradio«. Dann fiel ihr ein, dass Brian zuvor den Weg mit dem Schneemobil gespurt hatte. Vermutlich hatte er festgestellt, dass die Hütte doch bewohnt war, und Claus von ihr berichtet.

»Was ist passiert?« Der alte Ranger führte Lindsay zu einem Stuhl und goss ihr ein Glas Wasser ein. Gierig schüttete sie es hinunter. Das Laufen im Schnee hatte sie durstig gemacht.

»Da war dieser schwarze Wolf am Fenster …«, fing sie an und stammelte weiter: »Ich brauche das Funkgerät … die Wölfin … in der Falle … Blut … wir müssen etwas tun!«

Lindsay wollte aufspringen.

»Langsam, meine Liebe«, sagte Claus und drückte sie auf den Stuhl zurück. »Erzähl mir die ganze Geschichte.«

Er zog den Schaukelstuhl neben sie.

Lindsay sprudelte die Kurzversion ihrer Erlebnisse heraus, und mit einem »Was ist jetzt mit dem Funkgerät?« sprang sie erneut auf.

Endlich erhob sich auch Claus, ging in den hinteren Teil der Cabin und kam mit einem altmodischen Funkgerät in der Hand hervor.

»Das ist sehr ungewöhnlich«, sagte er und schüttelte den Kopf. »Ein wilder Wolf meidet normalerweise Menschen. Und hier, wo sie gejagt werden, sind sie besonders scheu. Merkwürdig, dass dieser hier deine Hilfe gesucht hat.«

»Ich weiß auch nicht, warum. Aber ich kann die Wölfin doch nicht sterben lassen.« Lindsay merkte, dass ihre Stimme mittlerweile fast hysterisch klang.

»Du musst etwas Besonderes sein. Es ist gut, dass du da warst.«

Die tiefe Stimme des Rangers beruhigte sie auf eigenartige Weise.

»Alles geschieht aus einem bestimmten Grund. Wir verstehen nur nicht gleich, wozu. Es ist wie mit einem Puzzle. Wir sehen die Einzelteile, aber erst mit einem gewissen Abstand erfassen wir das ganze Bild.« Er sah sie direkt an und fügte nach einer kleinen Pause hinzu: »Wie bei deinen Tagebüchern.«

Wie …? Woher …? Lindsay riss die Augen auf.

»Jetzt geh zurück zu deiner Wölfin«, unterbrach Claus ihre Gedanken. »Du solltest sie jetzt nicht allein lassen. Ich rufe meinen Neffen Brian in der Stadt an und sage ihm Bescheid. Er wird gleich kommen und dir helfen.« Der Ranger führte sie zur Tür.

»Nimm die Decke mit. Du brauchst sie sicher.« Er hatte eine Wolldecke in einen kleinen Rucksack gesteckt, den er ihr reichte. »Da ist auch noch ein wenig Trockenfleisch drin, für den Notfall.«

»Danke! Ich bringe den Rucksack bald zurück«, stammelte Lindsay verwirrt.

»Kein Problem. Jetzt aber los.« Er schob sie sanft zur Tür hinaus, sah zu, wie sie die Schneeschuhe anschnallte, und hob ihr den Rucksack auf die Schultern. Als Lindsay sich kurze Zeit später noch einmal umdrehte, war Claus nicht mehr zu sehen; vermutlich sprach er gerade mit Brian. Die Cabin schien verlassen und ihr Besuch wie ein Traum.

Kapitel 21

Brian saß im Büro und arbeitete die restlichen Aktenstapel ab, die gestern liegengeblieben waren. Die hübsche Journalistin hatte seinen ganzen Zeitplan durcheinandergebracht – und nicht nur den. Immer wieder ertappte er sich dabei, dass er ins Leere starrte, statt auf den Computerbildschirm. Wer war diese Frau, und warum war sie in die Einöde geflüchtet? Was hatte sie erlebt? Wenn sie sich unbeobachtet glaubte, wurden ihre Augen traurig. Aber wenn sie ihn anlächelte, war es, als ob die Sonne aufging. Fasziniert hatte er beobachtet, wie sich das Lächeln auf ihrem Gesicht ausbreitete. Es begann in ihren Augen, vertiefte sich in zwei bezaubernden Grübchen und glitt in ihre Mundwinkel. Brian merkte, wie er immer mehr ins Träumen geriet, und rief sich selbst zur Ordnung. Zurück an die Arbeit! Wenn er so weitermachte, würde er auch nach den Feiertagen noch lange nicht fertig sein. Bridget hatte ihm genügend stupide Statistiken dagelassen, mit denen der Computer gefüttert werden musste. Er stand auf, streckte sich und holte sich einen frischen Kaffee aus der Küche. Mit einem tiefen Seufzer setzte er sich an den Schreibtisch und zog die Listen mit den Tabellen zu sich heran. Es wurde Zeit, die blöde Statistik fertigzumachen. Er wollte gerade die Besucherzahlen für das letzte Jahr eingeben, als etwas klingelte. Es hörte sich an wie ein Telefon.

Verwundert sah er sich um. Das Schreibtischtelefon blieb stumm, und sein Handy hatte er ausgeschaltet, als er ins Büro gekommen war. Wo kam der Ton her? Ungläubig stieß er seinen Stuhl zurück und näherte sich seiner Jacke, die an der Garderobe hing. Das Klingeln kam tatsächlich aus seiner Jackentasche. Jingle Bells! Wer hatte sich denn da einen Scherz mit ihm erlaubt? Er selbst würde niemals ein Weihnachtslied als Klingelton einstellen. Außerdem hatte er eine geheime Handynummer, die nur wenige gute Freunde von ihm kannten. Deren Namen waren in seinem Rufnummernverzeichnis gespeichert und würden auf dem Display erscheinen. Mit zwei Fingern zog er das Handy aus seiner Jackentasche und öffnete es so vorsichtig, als könnte es jeden Moment explodieren. Auf dem Display war weder eine Nummer noch ein Name zu sehen. Er drückte den Anruf weg. Das war sicher ein Versehen. Wieder erscholl die Jingle-Bells-Melodie. Der unbekannte Anrufer gab nicht auf. Brian wurde wütend und drückte die Sprechtaste.

»Was?«, bellte er in den Hörer.

Die Stimme am anderen Ende war nur sehr schwer zu verstehen. Brian lauschte angestrengt. Zwischen Knistern, Brummen und langen Pausen verstand er: »Lindsay … Wolf … verletzt.«

»Wo? Was ist passiert?«, wollte er fragen, aber die Verbindung wurde unterbrochen. Den nächsten Satz hörte er klar und deutlich: »Bring den Metallkoffer aus dem Wandschrank mit.« Dann war die Leitung endgültig tot.

Verwirrt schaute Brian auf sein Telefon. Was – und

vor allem wer – war das jetzt gewesen? Woher wusste der Anrufer von dem Koffer? Und warum hatte er ihn gebeten, den Koffer mitzubringen, statt ihn gleich festnehmen zu lassen? War er etwa aufgeflogen? Gab es wirklich einen verletzten Wolf? Oder hatte ihn jemand bei seinen geheimen Rettungsaktionen beobachtet und wollte ihm nun eine Falle stellen? Wollten die Jäger, die er damals angezeigt hatte, Selbstjustiz an ihm verüben?

Ihm wurde heiß und kalt. Unruhig lief er hin und her. Vielleicht sollte er sich einfach wieder hinsetzen und seine Arbeit weitermachen. Aber was, wenn wirklich ein Wolf verletzt war? Er würde niemals das Leben eines Tieres riskieren, auch nicht um den Preis seiner Entdeckung.

Lindsay! Der Anrufer hatte ihren Namen erwähnt. Brian atmete tief durch und hakte in Gedanken die Jäger ab. Sie konnten nichts von Lindsay wissen. In welche Schwierigkeiten war die hübsche Frau denn schon am ersten Tag geraten? Hatte er den Anrufer etwa falsch verstanden? War sie aus Angst vor einem Wolf gefallen und hatte sich verletzt? Er hätte besser auf sie achten sollen.

Brian wurde aktiv. Er schnappte sich die Notfallausrüstung – den Erste-Hilfe-Koffer, ein paar Decken, zwei Flaschen Wasser und einen Reservekanister Benzin – und lud alles auf den Anhänger des Motorschlittens, der vor der Rangerstation stand. Dann schloss er das Büro ab und fuhr los.

West Yellowstone war im Winter auf Schneemobilfahrer eingerichtet. Darum waren die Straßen auch mit Kettenfahrzeugen befahrbar. Das ersparte Brian viel Zeit, denn so konnte er durch die Stadt direkt in die Berge fahren. Zuvor machte er noch einen Abstecher zu seinem Haus. Er holte den Koffer aus dem Versteck und warf ihn zu der restlichen Ausrüstung auf den Schneemobil-Anhänger. Die Maschine heulte auf, als er das Gas voll aufdrehte und davonschoss. Das verdammte Ding war ihm noch nie so langsam vorgekommen wie jetzt.

Gerade noch so wich er einem Felsen aus, der fast vollständig von Schnee bedeckt war. Der Anhänger geriet gefährlich ins Schlingern und wäre fast umgekippt. Brian fuhr zuerst zur Beaver Creek Cabin und folgte dort den Schneeschuhspuren, die nach Osten führten. Dann sah er sie. Sie saß etwa zwanzig Meter von zwei Tieren entfernt im Schnee und machte mit ausgestreckter und nach unten gerichteter Hand Bewegungen, die ihm wohl signalisieren sollten: Sachte! Langsam! Brian hielt das Schneemobil an und stellte den Motor aus. Er konnte nicht glauben, was er sah: zwei Wölfe – einer in einer Falle und ein anderer daneben – und an deren Seite die Journalistin. Er blinzelte ein paar Mal mit den Augen, um sicherzugehen, dass dies keine Halluzination war.

Als sie ihn sah, drückte sich die Wölfin in der Falle noch flacher in den Schnee. Der große schwarze Wolf war zurückgesprungen und versteckte sich hinter dem dicken Stamm einer Douglastanne. Lindsay sprang auf und fiel dem Ranger um den Hals. »Bin ich froh, dass du da bist.«

Brian drückte sie kurz an sich, und sein Herz machte einen Hüpfer. Dann zwang er sich aus seiner Träumerei und wurde wieder ganz Ranger.

»Was ist passiert?«, fragte er.

»Der Wolf dort«, Lindsay nahm seine Hand und zeigte

mit der anderen auf den Schwarzen, »ist zur Hütte gekommen und hat mir gesagt, dass ich ihm folgen soll.«

»Gesagt?«

»Naja, irgendwie schon. Auf jeden Fall bin ich ihm gefolgt und hab sie da gefunden.« Sie deutete auf die verängstigte Wölfin, die jetzt an der Kette riss und zu fliehen versuchte. Mit jeder Bewegung floss mehr Blut aus ihrer Beinwunde und schwächte sie. Bei diesem Anblick wurde Brians Gesicht weiß vor Wut.

»Mistkerle«, knurrte er zwischen den Zähnen. »Seit die Wölfe in Montana nicht mehr geschützt sind, ist jeder hinter ihnen her. Und dann mit so dreckigen Methoden.« Der Ranger drehte sich zum Schneemobil, um seine Ausrüstung zu holen.

»Kann ich meine Hand wiederhaben?«, fragte er und grinste schief.

Lindsay wurde rot und ließ sie los.

Die Wölfin hatte angefangen, unkontrolliert zu zittern. Brian musste schnell arbeiten. Er holte den Metallkoffer vom Anhänger und öffnete ihn. Aus verschiedenen fertigen Injektionskanülen unterschiedlicher Größen wählte er eine passende für die Wölfin aus, befestigte eine Nadel am Ende und befüllte sie mit Telazol. Aus Erfahrung wusste er, dass dieses Betäubungsmittel am schnellsten wirkt. In Arizona hatte er es stets verwendet, wenn er Wölfen ein Radiohalsband verpassen musste, und auch bei seinen geheimen Rettungsaktionen hatte es ihm schon gute Dienste geleistet. Er drückte etwas von der Flüssigkeit aus der Spritze, legte diese in eine Metallhülse und drehte sie auf die Spitze eines Stabes, der wie ein Spazierstock aussah. Nachdem er die Vorrichtung gespannt hatte, war er bereit für die Betäubung.

»Was machst du da?«, fragte Lindsay.

»Normalerweise arbeite ich mit einem Betäubungsgewehr«, flüsterte Brian. »Aber da die Wölfin sich nicht fortbewegen kann, benutze ich den ›Jabstick‹. Da brauche ich eine geringere Dosis Betäubungsmittel. Dafür muss ich allerdings auch näher ran.«

Fasziniert beobachtete Lindsay, wie schnell und ruhig er arbeitete. Er strahlte die Autorität eines Mannes aus, der wusste, was er tat.

»So, mein Mädchen«, sagte er sanft zur Wölfin. »Gleich hast du es geschafft.«

Als er mit dem Betäubungsstab in der Hand langsam auf die Wölfin zuging, sah er aus wie ein Musketier mit seinem Degen, der bereit war, sich in die Schlacht zu werfen. Die Wölfin starrte ihn mit weit aufgerissenen Augen an. Der Schwarze hatte erneut begonnen, in sicherer Entfernung unruhig hin und her zu laufen.

»Komm mit!« Brian hielt Lindsay die ausgestreckte Hand hin. »Du scheinst eine beruhigende Wirkung auf den Großen zu haben. Nicht dass er mich anfällt, wenn ich seine Liebste anfasse.« Diesmal ignorierte Lindsay seine Hand und schlug einen kleinen Bogen um die Wölfin, so dass sie näher an dem Schwarzen war.

Mit dem Stab in der Hand näherte sich Brian nun der Wölfin, die mit dem Schnee zu verschmelzen schien. Den Kopf flach auf den Boden gepresst, knurrte sie ihn mit angelegten Ohren an und zog die Lefzen hoch.

»Alles wird gut«, versuchte er, das verängstigte Tier zu beruhigen. Und zu Lindsay: »Siehst du das fast weiße Zahnfleisch? Das bedeutet, dass sie unter extremem Stress leidet und ihr Kreislauf zusammenzubrechen droht.«

Leise und sanft sprach er auf die Wölfin ein, während Lindsay den Schwarzen im Blick behielt. Dessen Augen flackerten unruhig zwischen den beiden Menschen hin und her.

Als Brian die Wölfin erreichte, hatte sie zu knurren aufgehört und lag völlig regungslos am Boden.

»Ist sie tot?«, klang es ängstlich neben ihm.

»Nein, sie hat nur eine solche Panik, dass sie in eine Art Schockstarre gefallen ist.« Blitzschnell stach Brian der Wölfin die Spritze ins Hinterteil und presste den Stick so lange ins Fleisch, bis sich die Flüssigkeit automatisch entleert hatte. Ein leises Grollen drang aus der Kehle der Patientin, die versuchte, nach hinten zu beißen, wo sie die Nadel erwischte, aber sie war zu erschöpft, um sich weiter zu wehren. Ihre Augen wurden trüb, und die Glieder erschlafften. Langsam sackte sie zur Seite. Der Schwarze stand starr und versuchte, mit lang vorgestrecktem Hals den Geruch seiner Partnerin aufzunehmen.

»Er will sichergehen, dass es ihr gutgeht«, flüsterte Brian und deutete mit dem Kopf auf den Wolf. »Unglaublich, welches Vertrauen er offenbar in uns hat.«

»Ich glaube, ich würde nicht das Liebste, was ich habe, einem wildfremden Wesen anvertrauen«, antwortete Lindsay leise.

Brian zog eine blaue Augenbinde aus seiner Jackentasche und legte sie der Wölfin über die Augen. »Es ist zu ihrem Schutz. Die Augen sind jetzt sehr empfindlich«, erklärte er, als er Lindsays ratlosen Blick sah, und zog die Falle mit dem Lauf darin zu sich.

»Ich werde sie jetzt aufdrücken, dann musst du die Pfote herausziehen. Keine Sorge. Sie spürt nichts.«

Er nahm die Federn an der Seite der Stahlfalle und drückte beide herunter. Die Umklammerung löste sich, und Lindsay zog sanft die blutende Pfote heraus. Als Brian die Falle losließ und sie mit Wucht zusammenschlug, zuckte der schwarze Wolf zusammen. Lindsay hielt ehrfürchtig und in Gedanken versunken die große Pfote der Wölfin in der Hand.

»Komm, pack mit an. Wir müssen sie versorgen. In dem Zustand darf sie nicht kalt werden.« Brian holte die Decke aus dem Schneemobil und legte sie neben die Wölfin. Dann rollten sie das Tier darauf.

»Sie ist leichter, als sie aussieht«, bemerkte Lindsay erstaunt.

»Das dicke Winterfell lässt sie größer wirken. Ich schätze, sie wiegt etwa vierzig Kilo.« Jeder von ihnen packte zwei Enden der Decke, und gemeinsam hoben sie die Wölfin auf den Anhänger des Schneemobils. Als weiteren Kälteschutz legten sie die Decke, die Lindsay mitgebracht hatte, über sie und machten sie mit Spanngurten am Anhänger fest. Das Tier atmete regelmäßig.

Brian blickte zu dem schwarzen Wolf. Er hatte sich aus seiner Starre gelöst. Vorsichtig schob er sich in Zeitlupe zu der Stelle, an der seine Gefährtin gelegen hatte, und schnüffelte ausgiebig. Auch die Falle wurde untersucht – und mit einem kräftigen Strahl markiert. Lindsay lächelte.

»Denen hast du es aber gegeben«, sagte sie und blickte den Wolf zärtlich an. »Wir bringen deine Gefährtin jetzt zur Cabin, um sie zu versorgen. Du kannst mitkommen.« Der Wolf schaute sie an und spitzte die Ohren.

»Du redest mit ihm wie mit einem Menschen.« Brian lachte.

»Er versteht mich. Siehst du?« Sie wies auf den Wolf, der sich hingesetzt hatte und sie aufmerksam beobachtete.

Beide stiegen auf den Motorschlitten und fuhren zur Hütte. Es war dämmrig geworden. Die Sonne hatte ihren Abstieg in die Wälder begonnen.

Als sie bei der Cabin ankamen, trugen sie die Wölfin ins Haus. Sie schoben den Tisch zur Seite und legten sie vor den Ofen. Mit wenigen Handgriffen hatte Brian ein Feuer entzündet. Lindsay schaltete alle Lampen ein. Sie hatten Glück. Weil die Sonne den ganzen Tag geschienen hatte, waren die Solarakkus aufgeladen und boten zusätzliches elektrisches Licht. Beide knieten sich einander gegenüber neben die Wölfin.

Brian untersuchte sie gründlich. Die Fleischwunde war groß, aber der Knochen war nicht gebrochen.

»Schau hier!« Er zeigte ihr die Stelle. »Manche Tiere versuchen, sich aus einer Falle zu befreien, indem sie sich selbst die Pfote abbeißen. Das muss höllisch weh tun.«

Während er die Wunde säuberte, erzählte er: »In Arizona hat man uns die Geschichte von El Lobo erzählt, einem Mexikanischen Wolf, der jahrelang Jäger und Fallensteller ausgetrickst hatte. Ihm fehlte eine Pfote, die er sich in einem Fangeisen abgebissen hatte. Sie haben ihn nie mehr gefangen. Ein Wolf, der einmal in so ein Ding getreten ist, wird es kaum ein zweites Mal tun, egal, wie gut sie getarnt ist.«

»Ich dachte immer, Wölfe könnten so gut riechen. Warum riechen sie dann nicht die Fallen?«

»Tun sie auch oft. Ich habe als Biologe selbst Forschungsfallen ausgelegt. Im Gegensatz zu der, die wir heute unschädlich gemacht haben, haben diese Fallen statt Eisenzacken Hartgummi, das die Wölfe nicht verletzt, sondern nur festhalten soll. Ich habe bei der Vorbereitung großen Wert darauf gelegt, Menschengeruch zu vermeiden. Ich trug immer Gummihandschuhe und habe das Fangeisen in einem Sud aus Tannenzweigen ausgekocht, damit es jeden Eigengeruch verliert. Dann habe ich es vorsichtig in die Erde eingegraben und mit Laub überstreut. Eine Lockspur aus Biberduft führte dann den Wolf unweigerlich zur Falle.«

Brian sprühte Silberspray auf die Wunde. »Das ist wie ein Verband und sollte reichen.« Mit dem mitgebrachten Wasser wusch er das restliche Blut vom Lauf der Wölfin und fuhr fort.

»Unsere Schönheit hier hat vermutlich noch keine schlechten Erfahrungen mit Menschen gemacht.« Er schaute liebevoll auf die Wölfin. »Ein erfahrener Wolf hätte vielleicht den Fallensteller gerochen.«

»Autsch!«, ertönte es von Lindsay. Brian blickte erstaunt auf. Sie rieb sich den Arm.

»Ich wollte mich nur vergewissern, dass ich nicht träume«, sagte sie verlegen.

»Das ist hier wie im Kino. Wir sitzen in einer Blockhütte und pflegen eine verletzte Wölfin, und draußen steht ein riesiger wilder Wolf und schaut uns zu.«

»Fast so aufregend wie New York, oder?« Die Falten um Brians braune Augen formten einen Strahlenkranz.

»Fast«, sagte sie und lachte. Brian versank einen Herzschlag lang in ihrem Blick.

Die Wölfin schnaubte leise. Mit einem Stethoskop, das er aus seinem Koffer holte, hörte Brian sie ab. »Keine Sorge. Sie wird noch eine Weile schlafen.«

Zart strichen beide zur selben Zeit über das Fell, das wie Perlmutt schimmerte. Ihre Hände berührten sich. Brian hätte gern ihre Hand festgehalten. Aber sie entzog sie ihm und deutete zum Fenster.

»Da! Der Wolf!«, sagte sie. »Er passt auf seine Gefährtin auf.«

Kapitel 22

Lindsay und Brian saßen nebeneinander auf dem Bett, den Rücken an die Wand gelehnt, und beobachteten die schlafende Wölfin. Sie hatten sich einen Pulverkaffee gekocht und hielten ihre Tassen umklammert, als bräuchten sie etwas zum Festhalten.

Brian schaute ihr zu, wie Lindsay die Wölfin betrachtete. Ihre Augen glänzten feucht, die Wangen glühten, und ihre Lippen waren leicht geöffnet. Er hätte ewig neben ihr sitzen und sie einfach nur anschauen können.

»Ob sie ein Paar sind?«

»Wer?« Brian räusperte sich.

»Na, Romeo und Julia.« Lindsay hatte die passenden Namen für das Wolfspaar gefunden.

»Ich denke schon. Sonst würde Romeo nicht vor Julias Balkon dort drüben warten«, sagte Brian und zeigte mit dem Kopf zum Fenster, durch das gelbe Augen sie aufmerksam anschauten. Sie lächelten.

»Warum haben sie so unterschiedliche Fellfarben?«, wollte Lindsay wissen.

»Es sind beides Timberwölfe«, erklärte Brian. »Ihre Felle kommen in allen Schattierungen vor, von Weiß bis Schwarz.«

»Wo sind die anderen Mitglieder ihrer Familie? Leben Wölfe nicht normalerweise im Rudel?«

»Ich weiß nicht, wo ihre Familie ist. Vielleicht wartet sie irgendwo auf sie, oder der Schwarze hat sein Rudel verlassen, um ein eigenes zu gründen. Die meisten jungen Wölfe wandern im Alter von zwei bis drei Jahren ab, die Weibchen bleiben lieber zu Hause. Aber …« Er zögerte und fuhr dann langsam fort: »Vielleicht lebt ihre Familie nicht mehr.« Lindsay schaute ihn fragend an. Brian erzählte von seinem Treffen mit den Jägern und den toten Wölfen im vergangenen Jahr. Fassungslos hörte sie zu.

»Warum tun Menschen so etwas?«

»Manche Menschen hassen die Wölfe einfach nur so«, antwortete Brian. »Sie wollen sie töten und tun dies auf grausame Weise. In Alaska schießen sie sie aus Flugzeugen ab, oder sie suchen Wolfshöhlen, in denen sich die Weibchen mit ihren Welpen befinden, und sprengen diese in die Luft.

Als Student habe ich in Alaska einmal in einem Jagdcamp gejobbt, ohne zu wissen, worauf ich mich eingelassen hatte. Als der Pilot mit unseren Gästen vom Jagdausflug zurückkam, breiteten sie ihre Schätze aus: Auf dem Boden vor ihnen lagen acht tote Wölfe, bei einigen floss noch Blut aus den Wunden. Und über die Tragflächen waren jeweils vier weitere tote Wölfe gehängt. Die Jäger standen dabei und fotografierten sich gegenseitig, Zigarren zwischen den Zähnen und Bierdosen in der Hand. Ich werde diesen widerlichen Anblick nie vergessen. Diese Männer wussten, wie man Geld verdient. Sie alle waren reich und in ihrem Beruf erfolgreich. Aber sie hatten keine Ahnung, wie das Leben funktioniert, wie sehr die Natur den Wolf braucht für ein gesundes Ökosystem. Selbst wenn, wäre es ihnen egal gewesen. Sie töteten aus Spaß. Sie hatten keinen Respekt vor der Natur. Das ist einfach nur krank.« Angewidert verzog Brian das Gesicht.

»Ich habe damals heimlich in der Nacht alle Wölfe in den Wald gebracht und dort vergraben. Am nächsten Morgen war der Urlaub der Jäger vorbei, und sie flogen nach Hause. Zuvor suchten sie noch vergeblich nach den Wolfsfellen. Später stand ein Artikel in der Anchorage Daily News mit der Überschrift ›Pech für Pelzjäger – tote Wölfe entkommen!‹.«

Jetzt mussten beide laut lachen, bevor Brian wieder ernst wurde.

»Ich habe danach nie wieder in einem solchen Jagdcamp gearbeitet.«

Sie schwiegen und blickten auf die Wölfin vor sich. Lindsays Nähe machte Brian unruhig, gleichzeitig tat sie ihm gut. Er spürte, wie die Wärme ihres Körpers seinen inneren Aufruhr bei der Erinnerung an die Ereignisse in Alaska besänftigte.

Als sie sich ihm zuwandte und ihn prüfend ansah, wurde ihm heiß. Sie legte den Kopf schief und sagte: »Ich hab sie heulen gehört. Romeo hat geheult, und ganz weit hinten in den Bergen hat ein Wolf geantwortet. Das war nicht Julia. Sie war zu nah.«

»Vielleicht ist dort hinten wirklich ihre Familie«, sagte Brian nachdenklich. »Ich weiß nicht, ob die beiden hier Überlebende der getöteten Wolfsfamilie sind oder ob sie von draußen gekommen sind auf der Suche nach einem eigenen Revier. Wir werden es nie erfahren.«

Er dachte daran, wie oft er bei seinen Rettungsaktionen erlebt hatte, dass die anderen Wölfe bei den verletzten Tieren geblieben waren, um sie zu versorgen.

Sie ließen ihresgleichen nie allein. Manchmal hatte er sogar Futterreste gefunden, wenn er später noch einmal zurückkam, um nach ihnen zu sehen. Wölfe waren die besseren Menschen.

Lindsay blickte von der Wölfin zu Brian. »Und was ist mit dir?«, fragte sie. »Solltest du nicht an Weihnachten bei deiner Familie sein?«

»Ich mache Dienst für meine Kollegen. Ich habe niemanden.« Sein Blick ging in die Ferne. Lindsay legte ihre Hand auf seinen Arm.

»Möchtest du darüber sprechen?«

Brian nippte am Kaffee und begann zögernd: »Natalie, Nat, meine Freundin und Kollegin ist vor sechs Jahren bei einem Waldbrand in Arizona ums Leben gekommen …« Zum ersten Mal erzählte er einem anderen Menschen von seinem Verlust.

»Ich mache mir immer noch Vorwürfe, dass ich sie nicht davon abgehalten habe rauszufahren.« Brians Stimme war immer leiser geworden.

»Es tut mir so leid.« Sanft legte Lindsay ihre warme Hand auf seine. »Aber hättest du dich etwa von Nat daran hindern lassen rauszufahren?«

Brian blickte sie erstaunt an. »Natürlich nicht!«

Lindsay sagte nichts, hielt aber weiter seine Hand. Er dachte nach, und ganz langsam dämmerte ihm eine Erkenntnis: Nat hatte getan, wozu sie alle ausgebildet waren. Sie hatte ihre Arbeit gemacht, so wie er auch. Niemand hatte Schuld, dass sie gestorben war – außer vielleicht die Camper, die das Feuer nicht ordentlich gelöscht hatten, und der Wind, der die Flammen aufblies, und … Er schüttelte den Kopf.

»Dinge geschehen«, sagte Lindsay sanft. »Es passieren

schreckliche Sachen, und manchmal können wir nichts dagegen tun. Wir müssen damit leben.«

Ihre Augen schwammen in Tränen.

»Was ist mit dir?«, fragte Brian und drückte ihre Hand.

»Ach …« Bevor sie weitersprechen konnte, brach ein Schluchzen aus ihr heraus. Er zog sie an sich und umarmte sie.

»Sch… Ganz ruhig. Alles wird gut.« Wie ein Kind wiegte er sie und hielt sie fest, während Lindsay ihre Anspannung aus sich herausfließen ließ und erzählte. Vom Tod ihrer Eltern im Feuer, ihrem Umzug nach New York und von ihrer Liebe zu Dan, der Hoffnung und der Enttäuschung. Sie ließ nichts aus. Schonungslos erzählte sie, wie sie sich selbst aufgegeben und zum Narren gemacht hatte.

Als sie geendet hatte, schnäuzte sie sich ausgiebig in das Taschentuch, das Brian ihr hinhielt, und atmete tief durch.

»Du musst denken, dass ich eine blöde Kuh bin.«

»Du warst verliebt«, sagte Brian sanft. »Wenn man verliebt ist, will man alles glauben.«

Bevor er weitersprechen konnte, begann die Wölfin, sich zu bewegen.

KAPITEL 23

Sie sprangen auf und knieten sich neben das Tier. Auch der Wolf, der sich auf dem Schneehügel vor dem Fenster hingesetzt hatte, war aufgestanden und blickte angespannt auf seine Gefährtin.

»Wird sie wach?«, flüsterte Lindsay.

»Noch nicht, aber es dauert nicht mehr lange. Wir müssen sie noch eine Weile ruhigstellen, damit die Wunde heilen und sie Kraft sammeln kann. Das geht ziemlich schnell, aber jetzt ist es noch zu früh.«

Er ging noch einmal zu seinem Metallkoffer und zog eine weitere Ampulle auf. Die Hälfte der Flüssigkeit drückte er der Wölfin in den kräftigen Muskel des Hinterlaufes. Die Spritze mit dem Rest des Betäubungsmedikamentes legte er auf den Tisch.

Lindsay erhob sich, um einen Kaffee zu kochen. Sie zog eine Packung Kekse aus ihrem Rucksack und teilte sie mit Brian, der ein dickes Holzscheit in den Ofen schob.

Beide machten es sich erneut auf dem Bett bequem und rückten enger aneinander. Draußen war es inzwischen stockdunkel geworden. Nur die gelben Augen des Wolfes leuchteten ins Fenster.

»Ein wirklich schönes Paar«, sagte Lindsay mit einem verzückten Lächeln und deutete auf den Schwarzen.

»Wölfe bilden lebenslange Partnerschaften. Ganz wie wir Menschen … die meisten von uns zumindest«, antwortete Brian. »Es wird immer noch so viel Unsinn über sie erzählt. Dass einer der Boss ist und alle anderen im Rudel unterdrückt und so. Nichts davon ist wahr.«

»Aber ich habe das auch gesehen. Ich habe einmal für einen Artikel über den Denver Zoo recherchiert. Dort gab es ein Gehege mit Arktischen Wölfen. Sie sahen fast so aus wie Julia. Ich erlebte eine fürchterliche Beißerei. Eines der Tiere war so schwer verletzt, dass es eingeschläfert werden musste. Der Pfleger hat mir später erzählt, dass es ein Omega-Wolf gewesen sei. Die würden immer von allen anderen zusammengebissen. Das sei normal, da könne man nichts machen. Das wäre in der Wildnis genauso.«

»So ein Blödsinn!« Brians Gesicht lief rot an vor Wut, und er musste sich bremsen, um nicht zu laut zu werden. »Die kapieren es nie. Glauben, dass sich ihre Zootiere verhalten wie in der Wildnis. Genau das tun sie eben nicht. Ich habe noch nie beobachtet, dass sich ein wildes Wolfsrudel so verhält. Wie viel Unsinn will man denn noch verbreiten?« Seine Stimme wurde aufgeregter, und Lindsay griff nach seiner Hand.

»Und natürlich kann man auch im Zoo etwas machen, wenn ein Wolf von den anderen verletzt wird. Man muss ihn aus der Gruppe entfernen. Wenn ich als Pfleger die Verantwortung für Tiere übernehme, dann habe ich auch die verdammte Pflicht, dafür zu sorgen, dass es ihnen gutgeht. Ich kann doch nicht zuschauen, wenn sie verletzt wer…«

Brian hatte sich so in Rage geredet, dass Lindsay

sich zu ihm drehte und ihn kurzerhand auf den Mund küsste.

»Ich musste dich zum Schweigen bringen.« Sie lachte und hob entschuldigend die Schultern. Auf Brians Gesicht breitete sich ein breites Grinsen aus. Dann zog er sie an sich und küsste sie leidenschaftlich zurück.

Atemlos lösten sie sich langsam voneinander und sahen sich lächelnd an. Lindsay kuschelte sich an Brians Brust, während er zärtlich ihren Rücken streichelte und mit belegter Stimme fortfuhr: »In Wahrheit sind Wölfe ganz anders.« Er griff zur Tasse und trank einen Schluck Kaffee, um seinen leicht zitternden Händen etwas zum Festhalten zu geben. »Wildlebende Wölfe«, fügte er hinzu.

»Aber warum?«, fragte Lindsay. »Ich dachte immer, Wolf ist Wolf und alle verhalten sich gleich.«

Brian griff sich einen Schokoladenkeks und spülte ihn mit Kaffee hinunter. »Stell dir vor, ich sperre dich für den Rest deines Lebens in diese Hütte ein.«

»Naja, ist doch ganz hübsch hier«, bemerkte Lindsay.

»Schon. Aber du dürftest nie rausgehen, keine Freunde treffen oder nur die, die der Hüttenchef dir aussucht. Mit denen sollst du dich vielleicht auch noch paaren …«

Lindsay schnaubte.

Mit einem belustigten Lächeln fuhr Brian fort. »Man würde dir regelmäßig Essen bringen, das du nicht magst, weil du dir deine eigene Verpflegung nicht selbst besorgen dürftest. Und statt wie dieser Wolf in die Hütte hereinzuschauen …«, er deutete auf den Schwarzen am Fenster, »… dürftest du dein ganzes Leben lang nur hinausschauen und niemals einen Fuß vor die Tür setzen.«

»Grässlich!«

»Wenn man dir dann noch jemanden in das Zimmer sperrt, den du nicht leiden kannst, dann dauert es natürlich nicht lange, und ihr geht aufeinander los.«

Nachdenklich sagte Lindsay: »Ich fürchte, ich habe die ganze Zeit ein völlig falsches Bild von den Wölfen und ihrer Lebensweise gehabt. Arme Zoowölfe. Wenn wir nur eine Kamera hätten, um das hier aufzunehmen. Damit könnten wir den Menschen mehr über sie zeigen als ein Dutzend Bücher. Vielleicht würde ihnen das die Augen öffnen.«

Vorsichtig stand sie auf und schlich auf Zehenspitzen zum Fenster. Romeo schlief fest auf seinem Schneehügel, ab und zu zuckte eine Ohrspitze.

»Er hat's gut. Er hat die Freiheit und eine eigene Familie.«

»Ja, aber die Freiheit hat ihren Preis. Du siehst, was heute passiert ist. Das Leben draußen ist gefährlich und nicht so bequem wie im Zoo.«

»Mag sein, aber ich würde lieber ein gefährliches, selbstbestimmtes Leben in der Freiheit leben wollen als ein bequemes im Zoo.« Lindsays Augen blitzten. In Brians Bauch begannen die Schmetterlinge zu tanzen.

»Also leben sie dort, wo sie nicht eingesperrt sind, friedlicher miteinander.« Es war mehr eine Feststellung als eine Frage.

»Ja«, fuhr Brian fort. »Wölfe sind sehr soziale Tiere. Sie leben ähnlich wie wir und haben eine Familie, um die sie sich liebevoll kümmern. Sie ziehen gemeinsam ihre Kinder groß und sorgen sich um die Alten und Kranken.«

Lindsay seufzte unwillkürlich: »Und keiner von denen würde seine Freundin betrügen.«

Brian lachte laut auf und erschrak, weil die Wölfin zusammengezuckt war. Die Geräusche in der Cabin erreichten langsam ihr Bewusstsein.

»Nein. Wölfe bleiben meist ihr Leben lang zusammen. Wenn Julia nicht wieder in eine Falle tritt und Romeo nicht erschossen wird, dann haben sie eine gute Chance, zusammen mit ihren Kindern und Enkelkindern alt zu werden.« Wenn diese hübsche und kluge Frau seine Freundin wäre, dachte Brian, würde er alles tun, um sie glücklich zu machen. Mit ihr konnte er sich auch vorstellen, alt zu werden.

Kapitel 24

Eng umschlungen saßen beide nebeneinander auf dem Bett. Die Erlebnisse des Tages hatten sie erschöpft. Sie waren dabei einzunicken, als ein leises, schmatzendes Geräusch sie zusammenfahren ließ. Die Wölfin versuchte, ihre Zunge zurückzuziehen, die während der Betäubung wie ein rosa Waschlappen herausgehangen hatte. Es gelang ihr nicht. Im selben Augenblick sprang der Wolf vor dem Fenster auf und schaute zu ihr.

»Wacht sie auf?« Lindsay richtete sich abrupt auf.

»Ja, aber es dauert noch ein wenig.«

Nach mehrmaligen Anläufen gelang es der Wölfin, ihre Zunge im Maul zu behalten. Mit dem Wissen, dass sie bald von Julia Abschied nehmen mussten, kniete Lindsay neben ihr und strich ihr vorsichtig über das dichte Fell.

»Es ist gar nicht so weiß, wie es von weitem aussah«, bemerkte sie.

»Hell sind nur die oberen Haare.« Brian nahm ihre Hand und ließ ihre Finger gegen den Strich durch das Fell der Wölfin fahren. »Siehst du, hier unten sind die Haare dunkler.« Lindsay bekam eine Gänsehaut von seiner Berührung.

Erneut begann die Wölfin zu lecken. Benommen hob sie den Kopf und ließ ihn gleich wieder sinken.

»Wir lassen ihr noch eine Weile die Augenbinde an, damit sie sich nicht aufregt, wenn sie uns sieht«, erklärte Brian.

Lindsay war hin- und hergerissen. Ihr tat die Wölfin leid, sie hätte ihr gern geholfen, aber sie musste in ihrer eigenen Zeit aufwachen. Romeo starrte weiterhin durchs Fenster. Die Spannung des Tieres war bis ins Innere der Hütte spürbar.

Ein weiterer Versuch der Wölfin, den Kopf zu heben, misslang. Brian beobachtete sie genau. Noch einmal untersuchte er die Pfote. Die Wunde schien schon jetzt zu heilen. Die Fähigkeit von Wildtieren, sich von schlimmsten Verletzungen in kürzester Zeit zu erholen, war ungeheuerlich. Als Ranger hatte er manchmal erlebt, dass Touristen ihn anhielten und baten, einem verletzten Wildtier zu helfen. Es war schwer für sie zu verstehen, dass er nicht eingreifen konnte und durfte. Die Wildnis konnte hart und brutal sein. Normalerweise würde er einem Wolf, der durch natürliche Umstände verletzt worden war – wie zum Beispiel durch den Huftritt eines Hirsches bei der Jagd –, auch nicht helfen, selbst wenn er es mit seiner Ausrüstung gekonnt hätte. Dazu hatte er viel zu viel Respekt vor den Gesetzen der Natur. Aber das hier war ein anderer Fall. Dieses Tier war durch Menschen in diese Situation gekommen. Durch Menschen, die Wölfe hassten und sie töten wollten. Hier würde er immer eingreifen.

Er kontrollierte Herzschlag und Puls des Tieres und zog eine weitere Spritze auf.

»Penicillin und ein leichtes Schmerzmittel«, sagte er auf Lindsays fragenden Blick. »Das hilft ihr, damit keine Infektion entsteht.«

Lindsay schaute auf die Brandspuren des Metallkoffers und fragte leise:

»Ist das …?«

Brian nickte.

»Hast du ihn als Erinnerung behalten?«

»Auch.« Er zögerte. »Aber ich brauche ihn noch für etwas anderes.«

Froh, endlich einmal alles loszuwerden, erzählte Brian Lindsay von seinem geheimen Leben, den nächtlichen Ausflügen, der Gefahr, in der er sich befand, und von dem Glück, das er empfand, wenn er ein Tier retten konnte. Als er geendet hatte, nahm Lindsay ihn in den Arm und küsste ihn innig.

Mit einem Blick auf seine Patientin und aufs Fenster löste sich Brian von ihr und sagte:

»Ich glaube, es ist Zeit.«

»Jetzt schon? Bist du sicher?«

»Es wird langsam hell.«

»Ich will nicht, dass das hier zu Ende geht«, sagte Lindsay leise. »Die Wölfin, die Hütte und du. Ich wünschte, ich könnte all das festhalten.«

»Ich weiß.« Zärtlich zog Brian sie an sich und küsste sie. Er wies mit dem Kopf zum Fenster: »Romeo wartet.«

Diesmal gelang es der Wölfin, den Kopf oben zu behalten.

»Sie wacht auf. Komm, hilf mir, wir tragen sie ein Stück.« Brian öffnete die Tür weit. Im rosafarbenen Licht der aufgehenden Sonne trugen sie die Decke mit der Wölfin zum Eingang und legten sie so an der Schwelle ab, dass sie beim Aufwachen nach draußen sehen konnte, wo bereits Romeo auf seine Julia wartete.

Zärtlich löste Brian die Augenbinde, nahm Lindsay an der Hand und zog sich mit ihr ins Innere der Hütte zurück. Sie setzten sich aufs Bett und beobachteten gespannt den weiteren Ablauf des Dramas, das diesmal hoffentlich einen guten Ausgang nehmen würde.

Der Schwarze hatte begonnen, aufgeregt hin und her zu laufen. Jeder Muskel seines kräftigen Körpers war angespannt.

Ein kalter Wind drückte ins Haus, aber Lindsay und Brian hielten sich eng umschlungen und wagten kaum zu atmen. Sie sahen zu, wie die Wölfin versuchte, auf die Beine zu kommen. Zuerst setzte sie sich hin, wobei ihr immer wieder die Vorderläufe nach vorne wegrutschten. Nur langsam bekam sie Beine und Körper unter Kontrolle. Jetzt reagierte auch ihr Verstand wieder, und ihr wurde bewusst, dass sie sich in einer menschlichen Behausung befand. Ein tiefer Instinkt schaltete auf Flucht, aber ihre Beine gehorchten noch nicht. Dann endlich stand sie und machte vorsichtig ein paar Schritte auf ihren Gefährten zu, schwankend wie eine Betrunkene. Der Schwarze begann, mit dem Schwanz zu wedeln. Die Bewegung breitete sich von der Schwanzspitze über den ganzen Körper des Wolfes aus. Mit aufgeregten Tippelschritten lief er der Wölfin entgegen und nahm sie in Empfang. Begeistert leckte er ihr die Schnauze, und für einen kurzen Moment standen beide dicht nebeneinander. Sie stützten sich und lehnten sich aneinander – den Schwanz am Kopf des anderen, beide gegenseitig die Köpfe auf den Rücken der Partner gelegt. Dann drehten sie sich um und liefen langsam auf den Wald zu. Genau in diesem Moment traf sie ein Sonnenstrahl – wie eine einzige Gestalt glitten sie durch das Licht zwischen die Bäume und waren verschwunden, so als ob es sie nie gegeben hätte.

Brian und Lindsay standen auf und gingen, immer noch eng umschlungen, zur Tür. Lange noch schauten sie in den Wald, dorthin, wo die beiden Wölfe verschwunden waren. Außer ihren Spuren war nichts mehr zu sehen. Nur langsam lösten sie sich aus ihrer Verzückung. Lindsays Augen leuchteten, als sie sich zu Brian drehte und ihn ansah.

»Frohe Weihnachten, Brian«, flüsterte sie und küsste ihn. »Frohe Weihnachten«, antwortete er mit rauer Stimme und umarmte sie fest.

Kapitel 25

Die Sonne stand bereits hoch am strahlend blauen Himmel, als Lindsay und Brian in die Realität zurückkehrten. Das Feuer war niedergebrannt, aber sie spürten keine Kälte. Sie hielten sich eng umschlungen.

»Ich bin so froh, dass dein Onkel dich erreicht hat und du mir mit der Wölfin geholfen hast«, sagte Lindsay und schmiegte sich an Brian. »Ohne dich hätte ich es nicht geschafft, sie zu befreien, und sie wäre bestimmt schon tot.«

Brian löste sich von ihr und fragte: »Welcher Onkel?«

»Na ja, dein Onkel Claus, der Ranger. Nachdem ich Julia gefunden hatte, bin ich zur Rangerhütte gelaufen, wie du es mir für den Notfall geraten hast. Da war Claus, er hat mir versprochen, dich anzurufen.«

Brian schien sie nicht zu verstehen. Er zog einen Stuhl herbei, drückte sie darauf und setzte sich ihr gegenüber. »Jetzt erklär mir das alles noch mal ganz langsam«, bat er sie.

Lindsay berichtete von ihrem Besuch in der Hütte und wie der alte Ranger ihr geholfen hatte. Sie zeigte ihm die Decke und die Reste vom Trockenfleisch, das er ihr mitgegeben hatte. Brian hörte ihr zu, sein Gesicht ein einziges Fragezeichen.

»Lindsay«, sagte er langsam und fasste ihre Hände fester. »Ich habe keinen Onkel. Meine Eltern hatten keine Geschwister.« Er schaute ihr in die Augen. »Die Hütte ist unbewohnt. Dort gibt es nur das Notfall-Funkgerät. Davon habe ich mich selbst an dem Abend überzeugt, an dem du angekommen bist. Erinnerst du dich? Ich hab dir gesagt, dass ich zur Sicherheit die Strecke dorthin mit dem Schneemobil fahren würde.«

Jetzt war es an Lindsay, verwirrt zu sein. »Das kann nicht sein. Alles sah bewohnt aus. Es brannte ein Feuer im Ofen. Und ich habe doch mit ihm gesprochen. Das musst du mir glauben! Wer soll es denn sonst gewesen sein?« Sie stand auf und lief in der Hütte auf und ab.

»Es stimmt, ich habe einen Anruf bekommen. Die Stimme war nur sehr schlecht zu verstehen«, sagte Brian. »Sie sagte mir, dass du Hilfe mit einem Wolf brauchst, und beschrieb, wo du bist. Dann bin ich gleich losgefahren. Und sie sagte mir außerdem, ich solle den Metallkoffer mitbringen. Niemand wusste von ihm.«

Beide schauten sich an und griffen im selben Moment zu ihren Jacken. Sie zogen sich warm an und schlossen die Tür. Mit dem Schneemobil hatten sie schnell die alte Rangercabin erreicht. Kein Rauch kam aus dem Kamin. Die Blockhütte lag verlassen am Rand der Lichtung. Als sie abstiegen und auf das Haus zugingen, sagte Brian zu Lindsay: »Schau, hier sind deine Spuren – und sonst nichts.« Außer den Spuren zweier Wölfe waren nur die Abdrücke ihrer Stiefel im Schnee zu sehen.

Sie drehten sich zur Veranda und stiegen die Stufen zur Hütte hinauf, da hörten sie es. Ein Wolf heulte – eine lange, tiefe Stimme, langsam ansteigend und dann verstummend. Dann fiel ein zweiter, hellerer Ton ein. Romeo und Julia sangen in wilder Freude, wieder vereint zu sein, eine Liebesarie. Lindsay und Brian sahen sich an, als sie einen weiter entfernten Ton hörten, wie ein Echo. Viele Stimmen fielen ein, es war ein Klang, der die Wolfsfamilie vereinte. Die Gesänge erfüllten den Wald wie ein Chor eine Kathedrale. Das Heulen dauerte mehrere Minuten lang, bevor es nachließ und der Stille Platz machte.

Brian drückte Lindsays Hand und flüsterte: »Schau!«

Am Waldrand standen die beiden Wölfe und blickten zu ihnen herüber, als ob sie ihnen danken wollten. Sie rieben ihre Schnauzen aneinander und leckten sich gegenseitig. Die Wölfin schaute in die Richtung, aus der das Heulen gekommen war, und der Schwarze ließ Lindsay und Brian nicht aus den Augen.

Lächelnd schauten sie sich an und waren dankbar für das Schicksal, das sie am Heiligabend zusammengeführt hatte. Als sie wieder zu den Wölfen blickten, waren sie verschwunden. Sie hatten sie noch nicht einmal weglaufen sehen. Sie hatten sich einfach aufgelöst.

Nach einem kräftigen Klopfen an die Holztür betraten Lindsay und Brian die Rangerhütte. Ein Sonnenstrahl fiel durch das Fenster, feiner Staub wirbelte in seinem Licht. Das Bett war nicht bezogen, eine alte Decke lag zusammengefaltet darauf. Eine dicke Schicht Staub bedeckte den Tisch und die Regale. Spinnen hatten in den Ecken Phantasienetze gebaut. Auf dem Küchenregal lag das Funkgerät. Als Brian durch den Raum ging, wirbelte er mit jedem Schritt Staub auf. Er fasste mit der Handfläche auf die gusseiserne Ofenplatte und zuckte zurück. Sie war noch warm.

Lindsay zog ihn von hinten an der Jacke, so dass er

sich zu ihr umdrehen musste. Sie deutete auf den Zettel, der auf dem Tisch lag. Ein Blatt, das gerade erst von einem Schreibblock abgerissen zu sein schien. Darauf stand in sorgfältiger, zierlicher Handschrift geschrieben:

»Frohe Weihnachten! Santa Claus«

Danke und Anmerkung

Danken möchte ich vor allem meinen Agenten André Hille und Gesa Jung von der Literaturagentur Hille & Jung sowie meiner Lektorin Franziska Günther vom Aufbau Verlag. Euer Vertrauen in meine Themenvorschläge – egal wie verrückt sie auch sein mögen – ehrt mich, und die Zusammenarbeit mit Euch inspiriert mich immer wieder neu.

Ein besonderer Dank gilt meinem großartigen Helferteam und Betalesern Andrea Weil (Dipl. Journalistin), Tanya Carpenter (Autorin), Angelika Kohlbecker (Journalistin) und Sabrina Müller (Forstwissenschaftlerin und Autorin). Ihr habt durch eure konstruktive und geduldige Kritik nicht nur das Manuskript verbessert, sondern mir auch viele kluge Dinge über das Schreiben beigebracht. Ich stehe tief in Eurer Schuld.

Regina und Roswitha, Ihr wart die mutigen Erstleserinnen des Manuskript-Rohentwurfs und habt mir wertvolle Anregungen gegeben. Danke auch an Janet Beasley, die sich mit New Yorker Taxifahrern und der Metropolitan Opera bestens auskennt.

Diese Weihnachtsgeschichte ist eine Fiktion. Die Handlungen und die Personen sind frei erfunden. Gleichwohl sind persönliche Erlebnisse und Erfahrungen aus zwanzig Jahren Freilandforschung an wilden Wölfen im Yellowstone Nationalpark in den Roman eingeflossen.

Auch wenn es mehrmals im Buch erwähnt wird, halte ich es für wichtig, noch einmal darauf hinzuweisen, dass normalerweise niemals ein wilder Wolf sich Menschen nähern, geschweige denn ihre Hilfe suchen würde. Aber im Märchen – und an Weihnachten – ist alles möglich.

www.elli-radinger.de
www.wolfmagazin.de